作者簡介

王端正

現任佛教慈濟慈善事業基金會副總執行長暨慈濟人文志業中心執行長，《經典》雜誌發行人。畢業於國立政治大學新聞研究所，曾任記者、採訪主任、總編輯。榮獲 1983 年全國十大傑出青年、1982 年金鼎獎新聞編輯獎、2000 年金鼎獎雜誌編輯獎。皈依上證下嚴法師，法號思熙。

著有《月映千江》、《惜緣》、《微觀人生》、《生命的承諾》、《生命的風華》、《攀登人生大山》、《生命的活水》、《禪茶三昧》、《彈唱生命的樂章》等書。

王端正 —— 著

古月照今塵

目錄

人生慧語

愛的足跡

時議關懷

慢慢讀就好

【編序／陳玟君】

有些書，會讓人想快速看過，知其意旨即可；有些書，會讓人想慢下來，甚至一字字地念讀。

王端正先生長年在《經典雜誌》筆耕的專欄已集結成書，從生活題材到國際見聞，從經典古籍到西方科學論述，內容引經據典，用精鍊文字抒發己見，字裏行間常有對仗之美，是一本很適合朗讀、交流的書。

我的腦海常出現一些畫面——

老奶奶戴著老花眼鏡，正在朗讀一本書給孫兒聽。小小的孩子看不懂文字，但知識如細細流水灌溉入心田，青青秧苗慢慢滋長，那輕拂的和風，有愛的芳香。

髮蒼視茫的雙親，他們的日子在光陰逝去中愈顯平淡，忙碌的中年兒女抽空陪伴，聽那叨叨絮絮話當年後，翻開書，述說文章中提到的故事，頑固的心靈傾刻間被點化了。

青春期孩子為反而反，就事論事，適得其反。藉一段文字來分享，父母尋到開啟心鎖的鑰匙，解決自己有話想說、孩子無話回應的窘境。

《古月照今塵》是一本可以作為通達彼此心門的橋梁書。「風簷展書」單元，有西方偉大詩人與中國古代文學家的思想撞擊；「人生慧語」單元，有生命的真誠與小故事大道理；「愛的足跡」單元，是慈濟人賑災走過的點點滴滴；「時議關懷」單元，則布臆著對「家事國事天下事，事事關心」之情。

在訊息爆炸的現代社會裏，快速瀏覽已成為一種生活習慣，朗讀可以緩一緩匆匆忙忙的生活腳步。一個人靜靜地念讀、咀嚼，或騰出時間為親愛家人輕讀，交流知識，也傳遞智慧，這都是一本值得推薦的好書。

風簷展書

輯一

不要擠，世界那麼大！

狄更斯（Charles John Huffam Dickens, 1812-1870）是維多利亞時代英國最偉大的作家，也偶爾寫寫詩，但不論小說或詩文，都以反映社會現實生活狀況為主題，在全球文壇享有盛名。

十九世紀初期，英國社會處於繁榮奢華的氛圍中，在貴族紙醉金迷的生活背後，存在著日趨嚴重的你爭我奪與相互排擠的情形，狄更斯對此感到相當反感與不滿。所以寫下一首名為〈你不要擠，世界那麼大〉的詩，就是在訴說他的不滿與憂心。詩是這樣寫的：

你，不要擠！世界那麼大，

它容納得了我，也容納得了你。
所有的大門都敞開著，
思想的王國是自由的天地。
你可以盡情地追求，
追求那人間最好的一切。
只是你得保證，
保證你自己不使別人感到壓抑。

不要把善良從心靈深處擠走，
更得嚴防醜惡偷偷潛入你心底。
給道德以應有的地位，
給每件好事以恰當的鼓勵。
讓每一天成為一項嚴峻的紀錄，

面對著它，你應當問心無愧；
給人們生的權利，活的餘地，
可千萬，千萬不要擠。

由於狄更斯不僅是位文學家，也曾經當過記者，採訪過英國國會新聞，時常聆聽國會議員彼此間，對國計民生問題的建言與爭論。身為記者，本來就必須深入民間，傾聽庶民的心聲，對於當時社會風氣的演變與轉化，做了深入的觀察，對於民間的疾苦與期盼，也了然於心。政治人物忙於爭利而疏於重視人民的感受與期盼，他感到相當憂心忡忡，甚至深惡痛絕。

狄更斯說得一點也沒有錯：世界那麼大，容納得了我，也容納得了你，又何必相互排擠呢？每個人都可以盡情地追求思想的自由天地，但你得保證，你追求的是人間最好的一切。所謂「人間最好的一切」意思是：必須建立在不使別人感受壓抑的基礎上。

所以他要求「不要把善良從心靈深處擠走，更得嚴防醜惡偷偷潛入你心底，給道德以應有的地位。」字裏行間，說明了狄更斯當時所處的社會，正面臨著「善惡在拔河，是非在較量」的轉型期，「霸權」壓倒「人權」，「權欲」壓垮「道義」，道德臣服在「霸權」與「權欲」之下，逐漸失去應有的地位。

身處在這種歷史的轉折點上，這位觀察敏銳的大文豪不得不大聲疾呼：「給每件好事以恰當的鼓勵；讓每一大成為一項嚴峻的紀錄，面對著它，你應當問心無愧；給人們生的權利，活的餘地。」因此，他特別提醒那些只為自己的私欲、不給人民自由與生活空間的人應有所節制，「千萬不要擠！」不要把那些善良與弱勢的人民擠出社會的體制之外，也千萬、千萬不可把道德與美善排除到應有的地位之外。

大家都知道狄更斯寫下不少膾炙人口的不朽名著，例如《雙城記》、《塊肉餘生記》等小說，都曾被改編成劇本，拍攝成撼動人心的電影，他寫下諸多的警世名言，直到今天都能讓人津津樂道，琅琅上口。譬如在《雙城記》中，他就曾說：

這是最好的時代，也是最壞的時代；
這是智慧的時代，也是愚蠢的時代；
這是信仰的時代，也是懷疑的時代；
這是光明的季節，也是黑暗的季節；
這是希望的春天，也是絕望的冬天；
我們擁有一切，我們也一無所有；
我們正走向天堂之路，也正走向地獄之門。

這些警句名言，處處在提示我們：最好或最壞；智慧或愚蠢；信仰或懷疑；光明或黑暗；希望或絕望；擁有一切或一無所有；是天堂或地獄，都在我們的一念之間，尤其是在有權有勢，有影響力的人的一念之間。一念善，這個時代就是善；一念惡，這個社會就是惡。是光明、是黑暗；是希望、是絕望，都繫於智慧與愚昧的一念抉擇。

現代美國學者大衛・霍金斯曾針對人類情緒與意念，做了深入研究，他發現：「當一個人意念很負面的時候，不僅傷害自己，也讓整個周圍環境磁場變得很不好。」他在《人類情緒振動頻率》一書中指出：

喜歡別人，關懷別人，慈悲、愛心，這些振動頻率都高達四百到五百。相反地，瞋恨別人，指責別人，怨恨別人，這些振動頻率都很低。低的振動頻率就是導致癌症、心臟病與其他種種疾病的原因。

我們不知道大衛．霍金斯的研究成果是否被大多數人所接受，但我們相信充滿慈悲與愛的情緒，確實有益於個人的健康，也有益於社會人群。倒是那些充滿仇恨，到處抱怨，惡意批評，散布不正確謠言的人，自己充滿許多負面的情緒，對自己的健康不利，也影響了社會的穩定與安危。

大衛．霍金斯說：他在實驗中看到振動頻率低於兩百的人，得到各種疾病的機率也大得多，但只要改變意念，將恨與怨的負面情緒，轉化為善與愛的正面情緒，振動頻率就會上升到兩百以上，振動頻率增加了，人的身心也開朗了，身體變好了，周遭的氛圍也變善了。

他同時表示，人類振動頻率最高的指數可達一千，最低指數僅僅是一。他看到振動頻率最高的是七百，只要振動頻率在七百以上的人，就是開悟的人。開悟者的良善正向能量特別強大，當他出現時，能夠影響一個地方的正向磁場。

依照大衛．霍金斯的理論，不論正向的能量或負向的能量，都能影響周遭環境的磁場，只是磁場有好與壞的分別。

換句話說，在一個充滿咆嘯、仇恨、抱怨、對立的負能量之下，周遭環境的磁場就絕對不可能是美好與良善的。而在一個充滿愛與關懷，歡笑與喜悅的正能量底下，周遭環境的磁場也絕對不可能是醜惡與相互仇視的。

善，需要鼓舞；愛，需要激勵，這樣我們的社會才能祥和，人民才有幸福可言。但善與愛通常是非常脆弱的，它們很容易被點亮，也很容易被澆滅。

社會心理學家說：「從眾心理」是社會大眾普遍存在的現象，這種現象可以讓社會變好，也可以讓社會變壞。如果大家能「從善如流」、「見賢思齊」，社會就會充滿祥和之氣。當祥和之氣洋溢著整個社會時，就出現了所謂的「太平盛世」。但如果祥和之氣不見了，暴戾之氣產生了，那麼，「亂世」就接踵而至。

事實告訴我們：善與惡、盛與衰，在歷史上是循環往復的，所以古代先賢才總結了經驗，說出了「盛極而衰」、「否極泰來」的朝代興替法則。至於何時是「盛極而衰」或「否極泰來」的轉折點，就看當時人心善惡意念的起伏與變化了。

一個國家或地區良善風氣與祥和氛圍的根基扎得愈穩，人民正向思維與言行維持得愈長久，那麼「太平盛世」也就得以維持得久遠；反過來說，如果驕奢成風，邪說日熾，只講利、不講義的貪婪與瞋恨之心愈重，黨同伐異層出不窮，必然撕裂社會的和諧，破壞人與人間的互信，到時「盛極而衰」的轉折點就來臨了。

社會風氣的美與醜，善與惡，關鍵在於人；好與壞，興與衰的轉折也在人。人的觀念正確了，彼此能相互感恩，相互尊重，相互關懷與包容，大家就能享受社會和諧的甜蜜果實。同樣的，如果領導人的一念之差，百姓的一念之惡，也可能讓一個安樂平和的國家淪為浩劫。

史書上常有這麼一句話：「國之將亡，必有妖孽。」雖然簡短的一句話，我們真的不能等閒視之。

因為「國之妖孽」出現了，「惡風邪說」也就萌生了，而惡風邪說一旦充斥著整個社會，國家的動盪也就不遠了，現在中東部分國家的遭遇，不就是鮮明的例子嗎？

遺憾的是，社會大眾普遍地存在著「盲從的心態」，易被華麗的言辭與所謂的新潮思想所煽惑，於是當「似是而非」的偏激觀念與「惑人耳目」的動人口號如滾滾洪水傾瀉而下時，道德的堤防與社會的秩序，就潰不成軍了。

狄更斯的〈你不要擠，世界那麼大〉的詩作與大衛・霍金斯的「情緒振動頻率」的理論，就是在警惕我們千萬不能讓道德的堤防潰堤，千萬不能讓仇恨與暴戾的負面能量破壞和諧的社會秩序。我們要的究竟是「盛世」還是「亂世」，社會需要的究竟是「美善」還是「醜惡」，就在我們如何做出明智或愚昧的抉擇了。

當紀伯倫與莊子相遇

紀伯倫（Kahlil Gibran, 1883-1931）是位偉大的詩人，不論是詩或散文，對人世間種種怪誕與荒謬，他做了嚴格的省思與批判，詩文中深邃的思考與直指弊端的揭發，都令人深思與回味。

在他的文集裏，有這麼一段話：「昨晚，我發現了一種新歡。我正嘗試其樂趣時，一個天使和一個魔鬼飛奔而來，相遇在我的房門前。他們為我新發明的快樂相互爭執。其中一個大喊：『真是罪過！』另一個則說：『真是美德啊！』」

我們不知道大喊「罪過」的是天使，還是魔鬼？也不知道說是「美德」的是魔鬼，還是天使？但無論如何總有一個喊「罪過」，一個喊「美德」。不同屬性或不同意識形態的人，對同樣一件事的看法，總是兩極。這是人世間再普遍不過的現象。

中國古代有一個極為傑出的思想家與文學家，凡研究中國文學與哲學的人，都非認識他、研讀他的著作不可，那就是莊子。

莊子是春秋戰國諸子百家中，不可或缺的一號人物。他與老子並稱，他們的思想體系被後人統稱為「老莊哲學」。《莊子》一書中，有一篇叫〈人世間〉的文章，揭露了人類社會存在著各種光怪陸離的行為與瞬息變化的念頭。純淨的心靈，時常被外物與外境所牽絆，於是有了名聞利養的爭奪與聰明才智的顯露，陷入進退失據、善惡難分、對錯難辨的窘境與煩惱。

深奧的哲思太過抽象，有時要靠具體的故事或寓言來詮釋，淺顯易懂的故事與寓言，有時可以幫助對深奧哲學的認知與理解。《莊子》就是這樣善於運用淺顯的故事與寓言來詮釋深奧哲學的一本書。

《莊子．人世間》講述了一則發生在孔子和他的弟子顏回之間的故事：

顏回拜見他的老師孔子，請求孔子同意他出門遠行。孔子問顏回說：「你要到哪裏去呢？」

顏回說：「我打算到衛國去。」

孔子說：「去衛國做什麼？」

顏回說：「我聽說衛國的國君年輕不懂事又非常專斷，輕率地處理政事，卻看不到自己的缺失，動不動就役使老百姓做苦工，讓老百姓苦不堪言。我曾聽老師說過：『治理得很好的國家，我們可以離開它；治理得不好的國家，我們就要去幫助它，就好像醫師應到許多病人的地方去一樣。』所以，我希望到衛國去，或許可以提出些善治百姓的辦法，幫助年輕的衛國國君，治理好國家，同時也可以讓老百姓得以喘息。」

孔子嘆口氣說：「唉！你到衛國恐怕會遭到殺害啊！」孔子認為在亂世要推行「大道」，沒有那麼簡單，即便是道德修養臻於成熟的人，要去幫助一個普通的人就已經不容易了，更何況一個道德修養還未臻成熟的人，卻要去幫助一位暴君呢？因此他認為顏回到衛國去，恐怕凶多吉少。

為了讓顏回死了去衛國的心，孔子說：「你可知道德為什麼會敗壞嗎？你知道為什麼世人機關算盡，爭相表現自己的聰明才智嗎？是追求名聲，讓道德敗壞；是爭辯是非，讓心機表露無遺。名聲是相互傾軋的原因；聰明是相互爭鬥的工具；二者都是凶器，不可以將它們推行於世。」

這是一段非常精采的對話，在暴行當道，自私理盲的亂世，更顯它的深遠意義。哲人日已遠，典型在夙昔，不知現代的人看懂了沒！

〈人世間〉裏，又舉了顏闔與衛國賢大夫蘧伯玉相互問答的故事，直指亂世中想要「導正扶傾」的困難。故事是這樣說的：

顏闔被請去做衛國太子的老師，他向蘧伯玉請教說：「如今有這樣一個人，他的德行生來就凶殘嗜殺，跟他朝夕相處，如果不堅持自己的理想與原則而事事迎合的話，勢必危害到整個國家；如果堅持自己的原則與規範，不迎不媚，卻恐怕會危害到自己的身命。在這種情況下，我應該怎麼辦？」

蘧伯玉對顏闔的提問，除了說一些「不親不疏，不迎不拒」，既親密又不要太親密，既疏遠又不能太疏遠，總之就是說些「保持距離，以策安全」不痛不癢的話外，最重要的是他說了一個令人印象深刻的故事。

他說：「有些人你是不可以去觸犯他的，你不要認為自己才智雙全，就經常誇耀自己的才智而觸犯他，那你就相當危險了。」他以養虎為例：「你不了解那養虎的人嗎？他從不敢用活的動物去餵養老虎，就怕老虎在追逐撲殺動物時激起了凶殘的怒氣；也不敢用整隻的動物去餵養牠，就怕牠為了撕裂動物而激起了暴力的野性。他知道老虎飢飽的時刻，通曉老虎暴戾凶殘的屬性，所以老虎與人雖然不同類，卻也會向飼養牠的人搖尾乞憐。原因是養虎的人，清楚並能順應老虎的野性，而那些遭到老虎虐殺的人，是因為觸犯了老虎的性情。」

古人說：「苛政猛於虎。」「政」之所以苛，所以暴，原因還是在於人。

因為人索求無度，昏昧無知，嗜權奪利，記仇挑恨，離間挑撥，鬥爭不已，暴行不止，那些無恥的政客，才是苛政如虎的元凶。如果我們以養虎人的方式，去順著政客的野性，遷就他，應合他，那麼亂世又何時才能止息？治世又何時才能到來？

所謂苛政與仁政，因為意識形態不同，各有定義與論斷，就像紀伯倫發明的「新歡」，有人說是「罪過」，有人說是「美德」，但無論如何，沒有人會承認自己是魔鬼，大家都會說自己是天使。民主如是，民粹更如是。

紀曉嵐的「鬼話」

「紀曉嵐」（本名紀昀，西元1724-1805）這個名字，臺海兩岸許多人都知道他，所謂的知道他，並不是說認識他或跟他有一面之緣，而是說知道他的傳奇或軼事，因為有關他的一生，被編成了劇本，拍成了連續劇，吸引了許多觀眾。

其實，戲劇總歸是戲劇，其中難免摻雜了一些打諢插科的逗趣情節，與虛構誇張的劇情張力。但紀曉嵐是一位清朝乾隆年間的大學士，卻是個不爭的事實，曾擔任《四庫全書》的總纂修官，讓他名揚四海，據說他機智過人，與乾隆皇帝之間還傳說著許多軼聞妙對。

除了負責《四庫全書》的纂修之外，他自己也有《閱微草堂筆記》傳世。筆記中，他記述了不少類似《聊齋誌異》情節的鬼怪故事，所以後代不少文人對這本書各有不同評價。

有人認為那只不過是一本《聊齋誌異》的仿製品，不足一閱。但也有人認為這本書，借鬼神以抒己志，應給予高度評價。例如魯迅在《中國小說史略》中，就對《閱微草堂筆記》有這樣的評語：

惟紀昀本長文筆，多見祕書，又襟懷夷曠，故凡測鬼神之情狀，發人間之幽微，托狐鬼以抒己見者，雋思妙語，時足解頤；間雜考辨，亦有灼見。敘述復雍容淡雅，天趣盎然，故後來無人能奪其席，固非僅借位高望重以傳者矣。

魯迅喜歡點評人物，說古論今自有他的見解與道理。上述評論的意思是說《閱微草堂筆記》雖然記述了一些狐鬼的怪異傳奇故事，但每則故事都能抒發人與人之間的一些玄妙幽微的道理，藉狐鬼的故事表達自己心中獨有的見解，其中雋思妙語，有時可以讓人會心一笑，讀來趣味盎然，可見紀曉嵐的才學文章並非浪得虛名，也非因為他位高望重，才名傳後世。

《閱微草堂筆記》裏有一則「曹竹虛言」的故事：

曹司農竹虛言，其族兄自歙往揚州，途經友人家。時盛夏，延坐書屋，甚軒爽，暮欲下榻其中。友人曰：「是有魅，夜不可居。」曹強居之。夜半，有物自門隙蠕蠕入，薄如夾紙。入室後，漸開展作人形，乃女子也。曹殊不畏。忽披髮吐舌，作縊鬼狀。曹笑曰：「猶是髮，但稍亂；猶是舌，但稍長，亦何足畏？」忽自摘其首置案上。

曹又笑曰：「有首尚不足畏，況無首也。」鬼技窮，倏然滅。及歸途再宿，夜半，門隙又蠕動，甫露其首，輒唾曰：「又此敗興物耶？」竟不入。

這篇短文，有人說是「鬼話連篇」，其實紀曉嵐文中想表達的是：人世間，儘管有許多光怪陸離的事情，但只要心中坦然，不憂不懼，再多的陰謀詭計，再多的裝神弄鬼，再多的鬼魅魍魎，在凜然正氣下都會黯然逝滅，難施伎倆。

曹竹虛當時擔任的官職是司農，司農就是主管財稅事務的大臣。曹竹虛向紀曉嵐述說了有關他的族兄遇鬼的故事，不管這個故事是真是假，最重要的是要看出故事中所想要傳達的那個深層意涵，那就是狐鬼雖然難纏，但再難纏的鬼魅，都嚇唬不了正氣凜然，具足正知、正見、正念、正定的仁人志士。

《閱微草堂筆記》中又記載了另一則死而復生的故事：

有一位御史死而復生，這位御史與紀曉嵐同朝為官，為人清廉公正，剛直不阿，貪官汙吏都很怕他。

沒想到，有一天，御史突然去世了；更沒有想到，過了兩天，御史居然死而復生。

這件事，轟動了朝野百官，許多官員都來御史的家裏探個究竟虛實，就連皇帝也派人前來慰問。

面對皇帝的特使與百官的關懷，御史都默然不語，唯獨留下紀曉嵐，在密室裏告訴他這兩天的親身經歷。

原來當他死的那一天，感覺自己的靈魂輕輕地飄離了身體，然後到了一個類似酆都鬼城的地方。城裏很熱鬧，人來人往。他走著走著，突然看見兩個以前和他同朝為官的貪官。

這兩位貪官生前貪得無厭，為了圖謀私利，有錢判生，無錢判死，做了許多見不得人的壞事，所以他們家財萬貫，都是些不義之財。但他們早在事發之前就去世了，貪汙的勾當，也就沒有被揭發出來。

御史看到他們時，當場愣住了，因為這兩個人竟衣衫襤褸，看起來非常窮苦潦倒的樣子。

御史迎上前去，並說：「你們怎麼變成這副模樣，你們不是金銀滿屋，挺有錢的嗎？」御史說完後，自己也不免啞然失笑說：「噢！我知道了，錢財生不帶來，死不帶去，你們的錢財帶不過來是吧！」

這兩位貪官聽了御史這麼說，不禁大哭起來說：「不光是生不帶來，死不帶去呀！你知道嗎？在生前貪汙所得的不義之財，在這裏，全部變成負債呀！」

這則鬼怪故事對後人應該有些啟發吧！故事裏已經講得很清

楚了，生前不義之財聚斂愈多，往生後負債也愈多，這就是這個故事所要表達的重點，目的是要勸告世人：「君子愛財，取之有道。」用不正當手段強取豪奪而來的不義之財，本來就不是真正屬於自己的，當然就是一種虧欠別人的負債。

故事最後的結語是，兩個貪官後悔莫及，對著御史痛哭道：「我們這一身的巨債，不知道要幾千幾萬年才還得清，希望御史回去後，通知他們的家人，趕快把錢財布施出去，幫忙那些需要幫助的人，好讓我們能早點還清債務。」

古今中外都有陽間與陰間的傳說。陽間當然就是人活著的世界，陰間就是人死後去的地方。

人在陽間非法聚斂而得的錢財，到了陰間就變成是一種負債，聚斂多少，負債就有多少。反之，為了利益人群所做的奉獻與付出，在陰間就成了存款。

正所謂：「善有善報，惡有惡報。」這就是這則故事所隱喻的因緣果報，分毫不爽的玄機妙理。

俗話說：捨得，捨得，有捨才能得。要有得必須先能捨，捨得付出幫助別人，冥冥中就會有得，就會累積成一筆存款。而慳吝貪刮而來的錢財，在幽冥中就是一筆負債。了解《閱微草堂筆記》中每則鬼怪誌異的深層涵義，應有助於人們匡正為人處事與對用錢的態度吧！

打破了的陶鉢如何分享？

出生於黎巴嫩北部臨海小村落的偉大作家紀伯倫，在他的著作裏講了這麼一則故事：

在一座荒山上住著兩位隱士，他們信仰上帝並互敬互愛。這兩位隱士共享一個陶鉢，這是他們唯一的財產。

一天，一個邪惡的精靈附身於年長的隱士，於是年長的隱士對年輕的隱士說：「我們在一起住了很久了，現在該分手了，讓我們平分我們的財產吧。」

年輕的隱士感到很悲傷，他說：「兄長，您要離開我，我很傷心，如果您堅決要走，那就這樣吧。」他拿出那只陶鉢，把它遞給年長的隱士說：「兄長，我們不能平分它，您帶走吧。」

年長的隱士說：「我不接受施捨，我只要屬於我的那份，別的，我什麼也不會取。我們必須平分。」

年輕的隱士說：「一只陶鉢如果破了，對您我還有什麼用呢？如果您願意，那我們就抓鬮吧！」

「我只要公平地得到自己的那份。」年長的隱士說：「我絕不會貪圖別人的。這個陶鉢必須分開。」

年輕的隱士無話可說了，他只好答應說：「如果這真的是您的意願，即便打碎了，您也不在乎，那我們現在就把它打破平分好了。」

年輕隱士說完後，只見年老隱士的臉色大變，變得愈來愈難看，並破口大罵道：「你這該死的懦夫，你不會反抗啊！」

讀完這則故事，我掩卷嘆息，沈思良久，我不知那位年輕隱士聽到年長隱士大罵後，接下來的反應會是什麼？是意氣用事地依年長隱士的意思，將那只陶鉢打破平分呢？還是仗著自己年輕力壯，強力反抗據為己有呢？或者是一本初衷，用尊敬兄長的態度，把那只陶鉢用力交到年長隱士的手上，然後快步掉頭離開呢？當然也可以強力反抗分手，請求年長隱士不要離開，跟以往一樣，一起隱居修行，繼續共享陶鉢。

這個兩難的故事，紀伯倫一開頭就清清楚楚、明明白白地說，年長隱士受到邪惡精靈附身，起了邪念，使得修行多年的平靜心靈受到汙染與蠱惑。一個受到汙染與蠱惑的心靈，往往是非不明，善惡不分，甚至還會假借「公平正義」之名，作出「寧為玉碎，不為瓦全」的錯誤決定。

一旦錯誤決定了，既無法顧全大局，又不能利益他人，用受到蠱惑汙染的心，去對待年輕隱士的禮讓。將「禮讓」的善意曲解為惡意的「施捨」，將抓鬮方式來保全陶鉢的建議，曲解為對正義的藐視與對公平的投機，認為年輕隱士是假借「禮讓」之名，來博得「尊長」之名；藉抓鬮之實，來實現投機之利，年輕隱士的善意變成了惡意，正向的建議，變成負面的投機。

在紅塵滾滾的娑婆世界裏，本來就有正、有邪；有善、有惡；有美、有醜；有是、有非。邪惡精靈最擅長的就是將正面的思維，扭曲為負面的，將美善的事物，塗黑抹臭，成為醜與惡的。所以人世間才會有不少的仇恨與對立，而製造仇恨與對立的邪靈，卻往往表現得義正辭嚴，這就是為什麼被邪靈附身的年長隱士始終以「我只要屬於我的那份，別的，我什麼也不要」為由，要求平分陶鉢，這其中當然充滿了負面情緒與暗藏著另有所圖。他明知一只陶鉢要兩人平分，除了摧毀它，另無他途。但陶鉢一旦被打碎了，它的本質與用途消失了，它就再也不能叫做陶鉢了。遺憾的是年長隱士被邪靈蒙蔽了，他公平均分的理由，毫無妥協餘地的要拿到「屬於他的那份。」

爭議的過程中，儘管年輕隱士不斷釋出善意，也提了保全陶鉢完整性的建議，可惜年長隱士仍然堅持「公平均分」，才符合所謂的「公平正義」原則。等到年輕隱士無可奈何首肯了，答應將陶鉢打破平分時，年長隱士急了，臉色驟變，破口大罵：「你這該死的懦夫，你不會反抗啊！」

我們真的不知道年長隱士的那句「你不會反抗啊！」的真正用意是什麼？是要年輕隱士反抗年長隱士所謂的「公平均分」原則呢？還是反抗打破陶鉢平分的作法呢？或是反抗年長隱士不接受禮讓，強力要他接受這只完整的陶鉢呢？

對於這則故事，每個人都可以有屬於自己的解讀，但八成是年長隱士想將陶鉢占為己有，又拉不下臉來明白表態，只好故作姿態，假借「公平均分」之名，企圖行占有之實，這句「你這懦夫，你不會反抗啊！」就是暗指年輕隱士應該了解他的意思，不論如何，就是要主動將陶鉢禮讓給他，這樣他就能贏得面子，又能贏得占有的裏子，這就是年長隱士真正的算計與用心。

或許紀伯倫對這則故事還有其他別的隱喻也說不定。但不管如何，如果用這則故事來檢視我們的社會，同樣也會發現：類似的情節似乎屢見不鮮。君不見，在我們的社會裏有太多的人言行不一，有太多的惺惺作態，其實那些「項莊舞劍，志在沛公」的叵測居心，看在行家的眼裏，大家都心知肚明，但大家也都沈默不語，讓它不斷地循環發生。最顯而易見的是：政黨之爭，勞資之爭，兩岸之爭，官場之爭，商場之爭，意識形態之爭，大至國與國之爭，小至人與人之爭，近至親情與家族之爭，遠至種族與種族之爭。諸多假象與亂象處處可見。

晚清有一本小說，書名叫《二十年目睹之怪現狀》（晚清四大譴責小說之一），書中描述了人性的醜陋與不堪，人與人之間的沽名釣譽，爾虞我詐，令人嘆氣。官場上、洋場上、商場上，同儕間、同行間、親朋間、鄉里間，處處顯現了詭異、離奇，失去人生價值觀的頹壞的景象。

當時道德淪喪、風氣敗壞、人心冷漠、世態炎涼、爭名奪利、明爭暗鬥，「你方唱罷我登場」不斷上演，目的只有一個，那就是為了滿足一己之私與一黨之利，處處機關算盡，就是為了擴張自己的勢力版圖。於是造謠行騙，故設陷阱，製造對立，煽動仇恨，撕裂人性，破壞人與人之間應有的感情。

他們戴上了各種正氣凜然的面具，遮蓋背後猙獰的目的；用色彩繽紛的粉墨，美化醜陋的企圖，這就是社會之所以有各種各樣，令人難以想像的怪現狀產生的原因。

《二十年目睹之怪現狀》描繪的是滿清末年，國之將亡，政府腐敗，社會板盪，人民頹廢，自信喪失，國力衰微，人心思變的社會情形，作者用赤裸裸的文字，毫無遮掩地將許許多多的怪現狀一一揭露出來。

而現在我們的社會則是打著西方「自由民主」的旗號，用自己定義的「公平正義」，遮遮掩掩的方式進行著鬥爭。那些滿口「為人民的利益而爭」的人，果真是了無私心，果真不是為一己之利，果真無私無我地為了國家的安定，為了社會的祥和而爭嗎？紀伯倫曾經這樣寫道：

如果你嘴裏塞滿食物，那如何能夠唱歌？
如果你手裏握滿權力，那如何舉手祈福？

紀伯倫的警世之語，政治人物能不深思？社會大眾能不深思？握有第四權的媒體能不深思？網路的鄉民與酸民能不深思？臺灣只有一個，那是我們賴以安身立命的鄉土，就像兩位隱士賴以生存的陶鉢一樣，一旦打破了，大家就一無所有了。

人間何處覓知音

有一位朋友的要好朋友突然往生了，他哀痛不已，有好幾天都在悲傷的情緒中，每次遇到他，都能感覺到他的低落情緒。

有一天，他還是愁眉不展，一臉哀戚，於是我忍不住問他：「怎麼了，還在為你那往生的朋友哀痛嗎？人死不能復生，你已傷心那麼久了，難道還看不破生死這一關嗎？」

朋友嘆口氣說：「有生必有死，這道理我懂，我並不是看不破生死，我只是不能忘懷那分『知己』之情。」

聽了這話，我似乎有所悟了，生死何足惜，那分惺惺相惜的知己之情難覓啊！我終於知道：我的朋友不是為他最要好朋友的逝去而哀痛，而是為喪失那「知己之情」而哀痛啊！

生死，來來去去；朋友，進進出出。人在一生之中會遇到無數的生命，一輩子裏也會有無數的朋友。朋友雖多，但知音總是鳳毛鱗角，終生難覓。

我不是那位朋友，我不能體會那位朋友喪失知己的哀痛心情，但我是凡夫俗子，我能體會那「得一知己，是一生福報；喪一知己，是終生遺憾」的感受。這不禁讓我想起《莊子》書中的一則故事——

莊子與惠子是非常要好的朋友，他們常常為一個哲學上的問題相互抬槓，相互激辯；雖然如此，卻絲毫不影響他們彼此之間相互欣賞的知己之情。

惠子往生了，莊子當然哀痛不已，再也沒有人可以和他秉燭夜遊了，再也沒有人可以在獨木橋上跟他激辯「游魚之樂」的哲學問題了。知己殞落了，莊子當然悵然若失。

有一次，莊子送葬，經過惠子的墓地，就對一起送葬的友人說：在「郢」那個地方有一個人，鼻尖上沾染了些許的白灰，看起來就像是蒼蠅的翅膀那樣薄小，如果不注意，還看不出呢！而鼻尖沾上白灰的那個郢人，請了一位石匠要他用斧頭把白灰削下來。

石匠揮舞著斧頭，瞬眼間斧起灰落，鼻尖的白灰就這樣被削淨了，而那郢人，卻神態自若，氣定神閒，當然鼻子也沒有受到絲毫的損傷。

宋國的君王聽到這件事，覺得不可思議，就派人把那位石匠找來，並對他說：「你也對寡人照樣做一次吧！」

石匠回答說：「我是能照樣做一次，但我的對象已經死去很久了，我再也無法做得成功了。」

莊子是位善於說故事的人，每個故事都有很深刻的含意。他說完這個故事後，嘆了口氣說：「自從惠子死後，我再也找不到可以暢談的對象了！」石匠所以能成功地揮動斧頭將郢人鼻尖上薄灰削砍下來，是因為他和那郢人是最佳拍檔，彼此信任；任何一方失去拍檔，事情就沒辦法做成了。如同惠子死了，莊子就寂寞了一樣。

「海內存知己，天涯若比鄰」，所謂知己也好，知音也罷，就是能把兩人之間的距離縮小到最小程度，甚至達到「心有靈犀一點通」的朋友，可惜知音難覓，知己難尋，一生中能有一知音足矣！難怪我的那個朋友會因失去知己而頹喪不已。

「伯牙絕弦」是在講述知音難覓的故事。根據史書記載：俞伯牙是春秋戰國時代的琴師，很善於彈琴，而鍾子期是一位隱世的樵夫，很善於欣賞琴音。有一天俞伯牙在野地彈琴，他心裏想的是高山，鍾子期聽到琴音，讚歎說：「妙哉！這琴聲就像巍峨的泰山屹立在我的眼前啊！」

俞伯牙心裏想著流水，意念從琴音流出，鍾子期聽了又說：「彈得真好，這琴聲好像是綿遠流長的江河之水，在我的耳邊流淌著！」

每次彈琴，俞伯牙想的是什麼，琴聲流出，鍾子期就能準確說出俞伯牙心裏的所思所感，一個善彈，一個善聽，兩人惺惺相惜，難怪成為莫逆。

當俞伯牙聽到鍾子期去世了，覺得這世界上再也找不到知音了，悲痛之餘就把他最心愛的琴弦挑斷，將琴身摔碎，終生不再彈琴了。

為什麼俞伯牙終生再也不彈琴？因為喪失了知音。沒有人可以欣賞他的琴音，沒有人能聽懂他琴音裏的意涵，彈琴又有何義？而對於一個不懂琴聲的人來說，彈琴對他毫無意義。彈聽之間沒有交集，彈與聽各無意義，這就是為什麼俞伯牙要絕弦的原因了。

歷史上亦有「管鮑之交」的故事流傳。管仲是齊國的名相，他輔佐齊桓公成就霸業。而他之所以能獲得齊桓公賞識，完全要歸功於鮑叔牙的知遇之恩。管仲與鮑叔牙是要好的朋友，雖然管仲早年曾遭遇各種困頓與失敗，但鮑叔牙對他知之甚深，所以一再力薦給齊桓公。如果沒有鮑叔牙，就沒有以後的管仲；沒有以後的管仲，就沒有齊桓公的霸業；沒有齊桓公的霸業，中國的古代歷史就可能改寫。

晚年，管仲感念鮑叔牙，感性地說了這麼一段話：「我與鮑叔牙經商而多取財利，他不認為我貪心；我為鮑叔牙辦事，而把事情弄糟，他不認為我愚蠢；我在打仗的時候，三次臨陣脫逃，他不認為我貪生怕死；我做官而被驅逐，他不認為我不肖；我輔佐公子糾而兵敗被囚，忍辱偷生，他亦不認為我不知羞恥。」管仲最後說：「生我者父母，知我者鮑子也。」

這就是知音之情，但知音與知己確實難覓啊！莊子與惠子，不僅是知音，也是知己，像這樣的佳話，在人世間必定會不斷地傳頌，因為知音、知己都可遇不可求啊！

惑於偽者殺其真

在一切講求「顛覆」的時代，追求真相確實是件不容易的事；在一切講求「出奇制勝」的社會，鞏固一個沈穩的價值觀，也確實是件非常困難的事。

因為在這樣的時代，這樣的社會，一切光怪陸離的事物都被視為主流；一切修齊治平的傳統價值都被視為痼疾，於是離經叛道的思想被推崇了，奇裝異服的打扮被模仿了；而所謂的倫理道德被嘲諷了，應對進退的禮儀被壓制了。整個社會的是與非、對與錯、真與假、善與惡、美與醜，被錯亂、被顛倒、被迷惑了。

在這樣一個多元而複雜的社會裏，我們不知道何者是真？何者是假？何者是對？何者是錯？於是大家「各是其是，各非其非，各假其假，各真其真」；於是，錯亂不斷循環，顛倒不斷發生，迷惑不斷重演，社會豈會不亂？

《呂氏春秋．慎行論》中有這麼一段話：

使人大迷惑者，必物之相似也。玉人之所患，患石之似玉者；相劍者之所患，患劍之似吳干者；賢主之所患，患人之博聞辯言而似通者。亡國之主似智，亡國之臣似忠。相似之物，此愚者之所大惑，而聖人之所加慮也。

這段話的大意是說：以假亂真，可以使人產生迷惑，因為假的事物和真的事物如果太相似了，就會讓人「認假為真」，或讓人「以真為假」，弄到最後，大家就真假莫辨了。

從事玉石買賣的人，最怕的就是那足以亂真的假玉，一不小心看走眼，就血本無歸了；收藏寶劍的人，最怕就是那看起來像是莫邪、干將那樣的寶劍，稍有不慎，贗品就誤為真品；而作為一個賢明的君主，最怕的是那些能言善道、曲諛奉承，表面看起來博學多聞，其實是迂腐不通的人；如果不審慎辨別，一旦重用，後果就不堪設想了。

但要明白辨別真假對錯，又談何容易呢？「亡國之主似智，亡國之臣似忠。」真是一針見血啊！那些讓國家滅亡的君王，哪個認為自己不是明智的呢？那些讓政權淪喪的臣子，哪個認為自己不是忠心耿耿的呢？這樣說來，智與不智、忠與不忠就很難分辨了。

所以：「相似之物，此愚者之所大惑，而聖人之所加慮也。」凡夫俗子在真與假之間，必然產生迷惑；在贗品與真品之間，必然難辨真偽；也正因為惑於真偽，才會迷於假相，作出錯誤的判斷，這就是聖人所擔憂的。

沒有錯，我們的社會也到處充斥著「相似之物」。所謂「相似之物」就是「似是而非」的事物，這些事物足以混淆視聽，迷惑人心，足以讓我們善惡難辨，是非難明，真假難分，產生「惡紫奪朱」現象。

真的事物被邊緣化，而假的事物卻大行其道，其結果當然就是：正義不斷淪喪，真相不斷沈埋，悲劇不斷發生了。

《呂氏春秋》還說了一個故事，用「以事顯理」的方式，說明以假亂真危害之大的論點。故事大意是：

梁北有個叫黎丘的地方，這地方的鄉里傳說有一種鬼魅，它喜歡變化成別人家的子姪兄弟，而且所變化的形貌和本人非常神似，幾可亂真。

黎丘有一位老人家，他時常到城區喝酒，喝醉了就搖搖晃晃地走回家。有一天，他醉步輕搖走在回家的半路，傳說中的鬼魅假扮他的兒子來扶他回家，沿路上這個「兒子」不斷批評他、抱怨他，不是說他不慈祥，就是說他沒有盡到父親的責任，讓他很不高興。

回到家，老人酒也醒了，想起兒子對他不敬，心裏有氣，就把兒子叫到面前加以責問。兒子聽到父親的責備，惶恐地跪在地上大聲喊冤。兒子說，昨晚他沒有攙扶父親回家，更沒有說那些不孝不敬的話。兒子還提出人證，要他父親如果不信，可以去問那些人。

黎丘老人聽了兒子的辯白，相信兒子所說的話是真的，並且想起那個可以變化成別人模樣的鬼魅傳說，心想這一定是那個鬼魅在作祟。於是心中盤算，明天一定要把那鬼魅一劍給殺了。

主意打定後，隔天他又像往常一樣出去喝酒，喝醉了又沿著老路一步一步走回家，目的就是想引誘那個鬼魅出現。而他那孝順的兒子，怕他像昨天那樣遇到鬼魅，受到傷害，所以特別等在半路上想伴他回家。

這時，老人家看見兒子到來，以為是鬼魅所變化，立刻拔出預藏在身上的利劍，迎上前去一劍將自己的兒子活活給刺死了。

《呂氏春秋》對這個故事，總結說了這樣的話：

丈人智惑於似其子者，而殺於真子。夫惑於似士者，而失於真士，此黎丘丈人之智也。疑似之跡，不可不察，察之必於其人也。

這就是以假亂真，真假不分的禍害。人們「惑於偽」，就容易「以假亂真」，這是詐騙集團猖獗的原因；而「惑於偽」，就可能「殺其真」，這就是真假錯亂的原因；於是造謠作假的人得利，而真相就飽受其害了。

孔子說：「智者不惑，仁者不憂，勇者不懼。」可惜我們的社會智者太少了，愚者太多了，但偏偏太多的愚者又認為自己是智者，所以我們的社會「以不智為智，以不實為實，以不善為善」的事情才會層出不窮。

像故事中的黎丘老人，把假的當成真，又把真的當成假，他不僅被假的迷惑欺騙了，對真的又不能辨識清楚，這不是可悲可痛嗎？社會上假假真真、真真假假的事物實在太多了，愚昧如我者，又豈知何者是真？何者是假？何者是善？何者是惡？《呂氏春秋》的片言隻字歷歷在目，但也不免掩卷嘆息，有感而發了！

滾滾紅塵，誰醉又誰醒？

偉大作家紀伯倫的作品不僅文學韻味十足，而且哲學內涵豐厚，深受世人喜愛。自古以來，文學家與哲學家總擺脫不了憤世嫉俗的個性，紀伯倫當然也不例外。他對人生百態，有時冷嘲熱諷，有時又憐憫同情。他寫的一則寓言這樣說：

有一天「美」與「醜」在海邊相遇。他們不約而同地說：「讓我們下海一起洗澡吧！」於是，他們脫掉衣服跳進海裏游泳。過了一會兒，「醜」回到岸上，穿上「美」的衣服走了。之後，「美」也上岸了，找不到自己的衣服，只好穿上「醜」的衣服離去。

所以直到今日，男男女女都錯把「美」當「醜」，把「醜」

當「美」。然而，還是有人看過「美」的容顏，認出了他，儘管他穿著「醜」的衣服。而有人認出了「醜」的嘴臉，儘管他穿上「美」的衣服。

人世間，許多的事物都充滿著矛盾與顛倒，有人把「美」的看成「醜」的；有人把「是」的看成「非」的；有人把「黑」的看成「白」的。儘管是非、黑白、對錯、美醜本質不變，只是人們的心智易受外相蒙蔽與迷惑，所以時常指鹿為馬，錯把醜陋當美麗。

也許就是世間充滿這樣顛倒與矛盾，才會有說不完的故事與傳奇；才會有讀不盡的巨作與詩篇。

屈原〈漁父〉就是這樣的一篇巨作。文中寫道：

> 屈原既放，游於江潭，行吟澤畔，顏色憔悴，形容枯槁。

漁父見而問之曰：「子非三閭大夫與？何故至於斯？」屈原曰：「舉世皆濁我獨清，眾人皆醉我獨醒，是以見放。」

屈原是楚國的大夫，名聲不小，官職也不低，儘管他忠君愛國，一旦忠言逆耳，觸怒了君主，就成了君主的絆腳石，必欲除之而後快。屈原就在這種情況下遭到流放。自認「一片真心換絕情」的屈原，被放逐後，抑鬱不平，意志消沈，徘徊於江邊長吁短嘆。

這時一位漁翁看見他，並且認出了他，主動趨前說：「你不就是楚國三閭大夫屈原嗎？為什麼會在這荒江岸邊獨自徘徊呢？」歷史記載，古時候，有許多避世的高人，他們不是棲居山中當樵夫，就是隱居漁村當漁夫，要不然就是躬耕田園當農夫。

屈原遇到的這位漁翁或許就是這樣一個人。漁翁看到屈原形貌憔悴，愁容滿面，鬱鬱寡歡，才主動趨前一詢究竟。

屈原見問，不禁悲從中來，將心中的不平與不快，對漁翁說：「舉世皆濁我獨清，眾人皆醉我獨醒，是以見放。」因為「眾濁我獨清，眾醉我獨醒」，才不見容於君主，才落得這個地步。這當然是屈原的憤世之言，卻也道盡了滾滾紅塵，舉目塵埃，自認乾淨脫俗之人的悲哀。確實，在滾滾塵埃中，世人看不出真相，直把好人當壞人；也或許塵埃真能障人眼目，盡把世事當濁流了。

漁翁聽了屈原的傾訴後，不但沒有表示同情，還勸告他要韜光養晦，要調整自己的心態與步調。漁翁說：

聖人不凝滯於物，而能與世推移。世人皆濁，何不淈其泥而揚其波？眾人皆醉，何不餔其糟而歠其釃？何故深思高舉，自令放為？

意思是說：聖人是不會受到外界事物的局限與約束的，他們都能夠隨著世俗的變化而不斷調適自我，與世推移。如果舉世充滿汙穢與濁氣，那麼自己又何必堅持清高，為什麼不也沾一點汙泥，揚起一些濁波呢？眾人都喝得酩酊大醉，自己何不也吃些酒釀，喝一些薄酒，跟他們一起大喊乾杯呢？為什麼還要高舉深思遠慮、清高自適的大旗，自我放逐呢？

說白了，漁翁是要屈原調子不要唱得太高，姿態要懂得放低。調子高了，唱和的人就少了；姿態低了，親近的人就多了。

對於漁翁這種「與世俱濁，與俗同醉」的論調，屈原當然深不以為然，馬上振振有詞地說：

吾聞之，新沐者必彈冠，新浴者必振衣；安能以身之察察，受物之汶汶者乎！寧赴湘流，葬於江魚之腹中。安能以皓皓之白，而蒙世俗之塵埃乎！

我曾經聽說過，頭髮洗乾淨了，在戴上帽子之前，要先把帽子上的灰塵彈掉，戴上去才不會沾汙了頭髮；洗完澡了，在穿上衣服之前，要先把衣服上穢垢抖掉，穿上去才不會弄髒身體。如果要用我的清白，去遷就世俗，任由事物汙染，我寧願跳到湘江自盡，讓江中的魚兒把我吃到肚子裏去，也不願苟且偷生。我實在難以容忍那晶瑩的聖潔，蒙受世俗的塵埃啊！

漁翁聽了屈原慷慨激昂的陳述後，或許覺得「道不同不相為謀」，也或許覺得屈原的這種處世哲學，終究難以和世俗的生活方式水乳交融。於是，漁翁聽後笑了笑逕自離去，離開時還一邊走一邊唱道：

滄浪之水清兮，可以濯吾纓；滄浪之水濁兮，可以濯吾足。

他要告訴屈原：做人處世要隨方就圓，滄浪的水如果是清澈乾淨的，那就可以用來洗濯聖潔的帽纓；滄浪的水如果是渾濁不清，那也可以用來洗濯骯髒的雙腳啊！換句話說：水清，有水清的用途；水濁，也有水濁的用處，何必一定要認為清淨的水才有用，渾濁的水就毫無用途呢？

這個世界本來就渾沌不清，人的觀念本來就含糊不明，每個人都有自己的執著與蒙昧，每個人都有自己的認知與偏見。清有清的好處，濁也有濁的用途，只要知所善用，截其長，補其短，相互保持和諧，萬物不就可以相依並相生嗎？紅塵滾滾，真不知屈原與漁翁誰醉誰醒了！

正義總是向強權傾斜嗎？

《莊子．胠篋》裏有一段話，很發人深思。那就是「彼竊鉤者誅，竊國者為諸侯；諸侯之門，而仁義存焉。」

這段話的意思是說：「偷鉤的小盜賊，被抓到了，就要被處死刑；而偷國的大強盜，卻往往成為公侯。一旦成為公侯了，仁義好像就在他們這一邊了。」果真是權勢比人強嗎？果真是「成者為王，敗者為寇」嗎？果真是侯門出仁義嗎？果真是仁義總是向權勢傾斜嗎？

同樣的省思，西方聖哲聖奧古斯丁（St. Augustine）也曾經說過這麼一個故事——

威震一時的亞歷山大大帝率領馬其頓大軍，攻城掠地，征服波斯，擊敗其他亞洲國家，勢力直達印度，他在征伐過程中，曾經擒獲一個海盜，屬下將海盜押解到亞歷山大大帝的面前，亞歷山大大帝嚴厲地責問說：「你好大的膽子啊！居然敢在海上興風作浪？」

海盜面不改色，直視著亞歷山大大帝，回答說：「那你又怎麼膽敢在整個世界興風作浪？我只有一艘小船，所以被稱為海盜；你有一支強大的海軍，所以被稱為皇帝。」

這位海盜說的沒錯。他意思是說，其實我們兩個沒有什麼區別，只不過我是人單勢薄的小盜，你是人多勢眾的大盜，因為你人多勢眾，可以成為一支強大的軍隊，作為掠奪的工具，所以就稱皇稱帝；就可以威震八方，自詡為蓋世英雄；就可以毫無忌憚地攻打別人的國家，殘殺別人的百姓，盜取別人的資財。這種予取予求的強取豪奪行徑，不僅沒有受到嚴厲譴責，反而受到世人爭相讚頌，這不正是「竊鉤者誅，竊國者為諸侯」的寫照嗎？

春秋戰國時期的墨子，以兼愛非攻為己任，反對暴力與戰爭。他認為，任何戰爭都是以貪婪的野心為起點，以百姓的痛苦為收場。在《墨子．天志下》裏，他曾說了這番話：一個人偷摘了別人的水果，偷拔了別人的瓜菜，大家都說這種行為不對，因為他「不與其勞，獲其實」，所以應該受到譴責。但相較於發動軍隊，侵略兼併別人的國家，殺害奴役別國的人民，盜取他國的城土珍寶，這種行為比起偷瓜偷菜嚴重得太多了，但不僅沒有受到制裁，反倒變成備受讚頌的義師，簡直是豈有此理了。

在〈魯問〉篇，墨子又說：「現在諸侯們，動不動就攻打鄰近的國家，屠殺別國的人民，掠奪別人的財產，還要撰文刻銘，把他的行徑視為豐功偉業，『書之於竹帛，鏤之於金石，以為銘於鐘鼎』，以炫耀於後代。這豈不是善惡不分、是非不明嗎？」

如果諸侯們的這種行徑是對的，那麼請問：一個平民百姓去攻擊鄰居的房子，殺害鄰居與其家人，搶奪鄰居的家禽家畜、糧食、衣服，以及一切值錢的東西，然後還意猶未盡，洋洋得意地命人把過程一一記錄下來，除了向社會炫耀外，也向後代子孫炫耀，你說這是對呢？還是錯呢？如果是對的，那麼這種弱肉強食社會，又會是個什麼社會呢？如果是錯的，那麼，那些諸侯們的燒殺擄掠，為什麼就被津津樂道？而小老百姓的小竊小盜，就被大加撻伐呢？難道諸侯因為有權有勢，他們的燒殺擄掠，就叫做「豐功偉業」？而那些飢寒交迫，一窮二白的小老百姓，他們為了生存而犯下的小錯，就叫「為非作歹，罪大惡極」？這是什麼道理！

《孟子．梁惠王上》，有這麼一個故事——

梁惠王對孟子說：「我對國家的治理，可以說盡心盡力了，就以最近的例子來說吧，當河內發生災荒的時候，我就把河內一部分老百姓遷移到沒有發生災荒的河東地區去，又把收成較好的河東地區的一部分糧食運到河內，解決河內災民的溫飽問題。我這樣的用心，相較於鄰國的執政者，可以說比他們更盡心盡力了，但是為什麼鄰國的百姓沒有變少，而我的國家的人民沒有增加，這是什麼原因呢？」

孟子回答說：「大王喜歡打仗，我就用打仗來打個比方吧！戰場上，兩軍對峙，劍拔弩張，戰鬥一開始，雙方戰鼓頻催，殺聲震天，等到短兵相接，勝負漸現，這時有人丟盔棄甲，拖著兵器逃跑了。那些逃跑的士兵中，有跑得快的人，跑了一百步停下來；而跑得慢的人，跑了五十步停下來，跑得慢的士兵，認為自己僅逃跑了五十步，就去嘲笑那些跑了一百步的人，說他們是膽小鬼，你認為這嘲笑是對的嗎？」

梁惠王說：「當然不對，那些嘲笑別人的人，同樣都是臨陣脫逃，同樣都是膽小鬼，只不過沒有跑到一百步罷了，怎麼還有資格去嘲笑別人！」

這就是「五十步笑百步」。同樣的道理，那些行大盜竊者，反而指責行小盜竊者胡作非為，這豈不也如五十步笑百步嗎？「大盜竊國，小盜竊鉤」，竊國的人罪孽比竊鉤者大得多，但竊國者卻掌權握勢，稱英稱豪，享盡榮華富貴；而只為醫窮療飢的弱勢百姓，只因偷竊了一丁點東西，就要被冠以「為非作歹」，處以重罪，難怪東西聖賢，都要交相揭發了。

現今的世界不也正是如此嗎？那些超級大國，憑藉著強大的軍事武力，動不動就大動干戈，攻人城牆，殺人百姓，搶人財物，奪人資源，然後還大言不慚，說是為了國際正義，為了維護人權，為了穩定區域的和平，所以不得已興正義之師。他們還利用西方媒體的優勢，把攻打別人的國家，殺害別國的人民，搶奪別人的財產資源，振振有詞地合理化了，不僅合理化，還加以英雄化了。他們用別人的鮮血，作為彩繪自己正義形象的顏料；把別國百姓的哀號，當成是對自己英雄行徑的歡呼；而世人不察，還為他們的行徑拍手叫好。世界顛倒如此，夫復何言？即使莊子、墨子與孟子再世，也要對此顛倒慨嘆不已吧！

誰能在名利面前不低頭

世界千奇百樣，很多人在追求轟轟烈烈，也有不少人在享受平安淡泊。轟轟烈烈就像一壺烈酒，平安淡泊就像一杯淡茶，烈酒或許可以讓人豪情萬丈，但淡茶可以讓人回歸自然。豪情之後總會帶來不少惆悵，而淡泊之後總會帶來回甘。要激情惆悵，還是要平淡回甘，都是出自個人的志願，可以任自己挑選。

故人具雞黍，邀我至田家；
綠樹村邊合，青山郭外斜。
開軒面場圃，把酒話桑麻；
待到重陽日，還來就菊花。

這是唐朝詩人孟浩然〈過故人莊〉的五言律詩，詩中沒有炫人的詞句，也沒有驚人的妙語，全詩給人的情境是平實，是淡味，是故人的寒暄，是朋友的聚會。

在日常生活中，應邀到朋友的家中餐敘，這是一件非常稀鬆平常的事，但經由孟浩然的詩心獨運與平實鋪排，讓人感受到的不僅是一次老友的餐敘，也是享受一種農村之美、田園之樂、朋友之情與生活之趣。字裏行間的樸實與平淡，只有讀過陶淵明的詩詞，才有似曾相似的感覺。

陶淵明的〈歸園田居〉這樣寫著：

種豆南山下，草盛豆苗稀；
晨興理荒穢，帶月荷鋤歸。
道狹草木長，夕露沾我衣；

衣沾不足惜，但使願無違。

陶淵明的願是什麼？就是「歸去來兮」，就是「久住樊籠裏，復得返自然」的那種厭倦塵網、企盼回歸自然的願望。他在詩中有這樣的剖白：

少無適俗韻，性本愛丘山；
誤落塵網中，一去三十年。
羈鳥戀舊林，池魚思故淵；
開荒南野際，守拙歸園田。

陶淵明之所以甘於平淡，以田園的生活自樂，除了是他的個性使然外，對滾滾紅塵的厭倦也是主因。尤其他在塵網中打滾了三十年，看透人情的現實與冷暖，洞穿官場的無情與貪婪，既然自己不想同流合汙，又不想附貴攀權，倒不如抱樸守拙，回歸田園以自樂。

田園的生活並不像一般人所想像的那樣飄逸，那樣浪漫，那是一種「向天討飯吃，向地要糧食，向體力討勤勞，向毅力作挑戰」的最樸拙的活命方式。這種生活方式，辛苦是基本要求，清貧是必要條件，只有耐得了辛苦與清貧，受得了寂寞與平淡，放得下富與貴的奢求，離得了名與利的誘惑，才有資格融入大自然的無爭，享受各安其分的平靜。

方宅十餘畝，草屋八九間；
榆柳蔭後簷，桃李羅堂前。
曖曖遠人村，依依墟里煙；

狗吠深巷中，雞鳴桑樹顛。

就是這樣的景物，這樣的情境，這樣的淡泊，這樣的和諧，讓陶淵明相當安然，也相當自在。草屋與柳蔭，狗吠與雞鳴，深巷與樹顛，遠眺村莊，墟里炊煙，依依裊裊，沒有城市的喧囂，沒有商賈的擾攘，有的是泥土的氣息與草木稻禾的芬芳。難怪在「戶庭無塵雜，虛室有餘閒」的自適之餘，還要慶幸「久在樊籠裏，復得返自然」了。

相較於陶淵明的恬安淡泊，孟浩然卻有較多的憤懣與怨懟，他一生仕途多艱，得不到當權者的賞識，所以常常自怨自艾。例如他在〈歲暮歸終南山〉的詩句中說：

北闕休上書，南山歸敝廬；

不才明主棄，多病故人疏。
白髮催年老，青陽逼歲除；
永懷愁不寐，松月夜窗虛。

這是詩人到長安應進士考試落榜後心情鬱結的詩文。他自認為飽讀詩書，又頗有詩名，卻應試落第，非常受到委屈，本想上書皇帝為自己的不獲賞識抒發不平，但想想又覺得還是算了吧，人都已到了四十不惑之齡了，還求什麼功名利祿呢？不如歸隱南山的破舊家園去吧！

縱然如此，他不免還要埋怨「不才明主棄，多病故人疏。」這就是孟浩然和陶淵明的不同處，雖然兩人的詩風相近，但立意卻大為不同。陶淵明對官場已徹頭徹尾失望，所以甘於回歸田園，而孟浩然則不能忘懷於仕途，只是因為「不才明主棄」，所以無奈地想「南山歸敝廬」。其實他心裏想的還是希望能夠獲得朝廷的賞識，在仕途上有一番作為，這樣的心情充分表現在他〈留別王維〉的詩句裏：

寂寂竟何待，朝朝空自歸；
欲尋芳草去，惜與故人違。
當路誰相假，知音世所稀；
只應守寂寞，還掩故園扉。

這是孟浩然「年四十來遊京師，應進士不第，還襄陽」時，留給大詩人王維的道別詩。詩中說得很清楚，也說得很辛酸。他直言不諱地說：他天天企盼能得到有關晉仕的消息，但看樣子是沒有什麼好等待的了，天天滿懷希望出去打聽佳音，卻都失望而回；他想回歸故園尋覓那草木的芬芳，可是想到要與老朋友分離，心中又依依不捨，於是他不禁感嘆：當權者有誰肯引薦我呢？這世界上的知音實在太少了，只好安分的回歸田園，關起門來，守著寂寞，過著冷清的生活了。

看來「功名」這兩個字，不論古今中外，對知識分子確實具有莫大的誘惑力量。除非像陶淵明這種「少無適俗韻，性本愛丘山」，能看透名利背後虛偽與殘酷真相的人；否則，古今中外能有幾人跳得脫名韁利鎖的羈絆與束縛？

大詩人孟浩然不能，杜甫、李白不能，我想現代許多知識分子也不能。別看大詩人的詩文處處寫得飄逸淡然，其實，他們千愁萬緒，功名與利祿讓他們興起無數波瀾，我們不禁要問：有誰能在名利面前不低頭呢？

「社鼠」與「惡犬」

齊景公問晏子：「治理國家，最怕的是什麼？」

晏子答說：「最怕的就是社廟中的老鼠。」

齊景公訝異地問：「什麼意思？」

晏子說：「社廟是用木頭編紮起來，再抹上泥巴做成的，老鼠橫行其中，讓人想除之而後快。但用火燻，擔心燒壞了社廟的木頭，用水灌，則擔心沖毀了塗在木頭上的泥巴，既不能用火燻，又不敢用水攻，老鼠就肆無忌憚地在社廟裏四處橫行了。老鼠之所以能在社廟裏高枕無憂，根本原因不在社鼠的難除，而在受社廟的保護。」

晏子又說：「國家也有社鼠呀！國家的社鼠往往是活躍於君

王左右的親信啊！」「君王的親信在朝廷內欺下瞞上，顛倒黑白，在朝廷外作威作福，炫耀權力。如果不除掉他們，國家就會混亂，社會就會不安；但假若要除掉他們，又會礙於都是君王的寵信，受到君王的庇護，因此國家的『社鼠』也一樣難除啊！」

確實，想除掉國家的「社鼠」談何容易，明知「社鼠」禍患無窮，卻都存著一種投鼠忌器的心理，而不敢輕舉妄動，唯恐稍有不慎，鼠患未除，反而引火上身，大家只好明哲保身，敢怒不敢言了。如此一來，國家「社鼠」更是肆無忌憚，予取予求，拿國家的前途當兒戲，朝野上下卻也對它徒呼負負了。

齊景公與晏子的這番對話，邏輯很簡單，意涵也很單純，目的就是在提醒國家領導人，要「清君側，明用人，遠佞臣，親賢能」。至於如何才能「遠佞臣，親賢能」，齊景公與晏子也有一番精彩的對話——

齊景公問晏子：「即使有賢能之士出現了，我又怎麼能斷定他是真正的賢能之士呢？」

晏子說：「選賢任能，其實並不困難，只要多用心，多留意，就不難找到真正的賢士與能人了。首先要觀察他平常交往的，都是些什麼樣的人，其次要仔細留意他平日的言行舉止，不要因為受到一些美妙動人誇讚之詞影響，就斷定他的學行良好，也不要因為別人對他有所非議，就論定他的德性惡劣。真正賢能的人，不會為了沽名釣譽而刻意做出某些行為，也不會為了謀圖自己的私欲而文過飾非，欺瞞高層。」

「還有，當他飛黃騰達的時候，要看他做了些什麼事；當他困頓受挫的時候，要看他不做些什麼事；當他富貴榮華時，要看他欲求的是些什麼？當他貧窮落寞時，要看他有所不為的是些什麼？」

晏子又說：「最賢能的人不輕易答應出仕做官，但是既然答應了，就不計榮辱，全力以赴；如果從政的理想與理念不能實現，也能知所進退，斷然掛冠求去，絕不戀棧。次一等的人，往往不假思索，輕易答應出任公職，雖然如此，但一旦理想不能達到，也會立即罷官求去，不作戀棧。再次一等的人，不僅輕率求官出仕，當了官，嘗到了權力的滋味，即使政治的風向與自己從政的理想相悖離了，也還是戀棧權位，絕不輕言下臺。」晏子說，用這幾種方法選用賢能，大概就八九不離十，選出來的人才大致上就不會有差錯了。

沒有錯，自古以來，做事難，用人更難。用對人，放對位置，做對事，得到對的結果，都是政府領導人用人施政所追求的終極目標。晏子身處春秋戰國時代，距今已經有兩千多年了，即使時間、空間和現今已有很大的差異，但晏子的任賢用人哲學或許還是有值得大家借鏡之處。

現在我們所處的政治環境日趨複雜，社會變遷日益加劇，人生價值觀日漸模糊，逐利主義日漸興起，政黨政爭日漸加劇；派系利益的競相爭逐，使得今日政壇不僅做事難，用人難，要想做對事，產生對的結果更難。但有擔當的國家領導人，還是要難行能行，敞開襟懷，信己無私，用對人，做對事，才能不負人民所託，也才能對歷史有所交代，對國家有所貢獻。

除了以「社鼠」為喻外，晏子還苦口婆心地以「猛犬」為喻，對齊景公說了一個故事。他說：有一個賣酒的人，酒肆內不僅窗明几淨，所有的酒器，也十分潔淨雅致，他懸掛的酒旗不僅繽紛醒目，也創意十足，引人注意，酒的品質不僅甘醇順口，價格也相當公道，但偏偏就是乏人問津，所釀出來的酒一直放到發酸了，還是賣不出去。

賣酒的老闆百思不解，不知道他的經營方式出了什麼問題，於是就做了一次市場調查，親自向鄉親請益，探究酒賣不出去的原因。鄉親們也知無不言，言無不盡，毫不客氣地對他說：「這是因為你家的看門狗太凶了，每當客人拿著酒器到你的酒肆買酒，你的狗就凶猛地迎面而來，張開大嘴撲身咬人，這樣誰還敢到你那兒買酒呢？這就是你的酒擺到發酸了，還賣不出去的原因。」

國家有社鼠，也有惡犬，社鼠與惡犬往往藏身在各級政府領導人與各行各業企業主的身邊。他們可能都是領導人的左右親信，不僅掌有實權，可以攔阻忠言進諫，也可以進讒誣陷。不少真正賢能之士得不到晉用，就是被這些社鼠所阻擋，被這些惡犬所嚇退。

只要政府裏有社鼠與惡犬，領導人就會被蒙蔽，賢能之士又怎能得到晉用？如果國家裏的「社鼠」與「惡犬」當道，國家又豈能無禍，社會又豈能安定？齊景公與晏子間的君臣對話，與古人的用人智慧，不知我們能否從中得到一些啟示！

人生慧語

輯二

思想決定生活

威廉・華茲華斯（William Wordsworth, 1770-1850），有「湖畔詩人」之稱，開啟英國浪漫主義詩歌運動者。他曾說：

在大自然和感覺的語言裏，我找到了最純潔的思想支撐，心靈的保母，引導與保護我整個生命的靈魂。

人類對於大自然的態度幾經轉折，直到現在，人們對大自然的想法還是有許多不同的爭論，但不可否認的，我們是大自然中的一部分，沒有傷害大自然的權力，只有感恩大自然的恩賜。

野蠻人或許只想到：「大自然是我的財富。」文明人則會改口說：「大自然是我的朋友。」其實，大自然是我們的母親，是我們生命的源頭活水。

只有像華茲華斯這樣偉大的詩人，才能感受到大自然對我們的那種無微不至的恩賜與最純潔心靈支撐，所以才會說大自然是他「整個道德生命的靈魂。」

他甚至說：「我深信每一朵花，不論大小，都能享受它呼吸的空氣。」難怪王佐良在翻譯華茲華斯詩作時，有感而發地說：「大自然是如此和諧快樂，奇怪的是人類彷彿自絕於大自然，相互仇視與殘害。拿自然法則與人類法則對照，『難道我沒有理由悲嘆，人怎樣對待著人！』」

華茲華斯很明白地告訴所有人類，自然是極為無私與慈悲的，而且是極為純潔的。他說：「我看最低微的鮮花都有思想，但深藏在眼淚達不到的地方。」

自古以來，大自然就一直受到人類無情的摧殘，連有思想的鮮花，都為大自然的遭遇而悲鳴掉淚。

〈寫於早春〉是華茲華斯的詩作之一，他貼近大自然，傾聽到大自然和諧的聲音。他的詩是這樣寫的：

我躺臥在樹林之中，
聽著融諧的千萬聲音，
閒適的情緒，愉快的思想，
卻帶來了憂心忡忡。

大自然把她的美好事物，
通過我聯繫人的靈魂，
而我痛心萬分，想起了

人怎樣對待著人。

那邊綠蔭中的櫻草花叢，
有長春花在把花圈編織，
我深信每朵花不論大小，
都能享受他們呼吸的空氣。

四周的鳥兒跳了又耍，
我不知道他們想些什麼，
但他們每個細微的動作，
似乎都激起心頭的歡樂。

萌芽的嫩枝張臂如扇，

捕捉那陣陣的清風，
使我不覺深切地感到，
他們也自有歡欣。

如果上天叫我這樣相信，
如果這是大自然的用心，
難道我沒理由悲嘆，
人怎樣對待著人！

從大自然純潔與和諧的聲音裏，華茲華斯想到人類相互之間的那種仇恨、對立、殺戮的殘酷與無情，不禁悲嘆「人怎樣對待著人！」

面對人世間永無停息的對立、衝突、憤怒與殺戮，我們也不禁要質疑：「人果真是萬物之靈？」

其實，人怎樣對待人？怎樣對待大自然？這都取決於一念之間。所以說：「思想決定了我們的生活態度。」一點都不為過。要改變人與人之間或人與大自然之間的關係，就要先從改變人類的思想開始。

「思想決定生活」這句話，是人生苦樂與生命永續的祕訣。「人生的路程，就是思想的痕跡。」

也許大家都認同了思想的重要性，但遺憾的是：每個人都有每個人的思想，也因為每個人都有每個人的思想，所以人世間就產生了各種不同的生活態度與習性。於是，「什麼才是正確的思想？怎樣的思想才對人類社會有益，對人自然有利？」一直以來都是談論的話題。

要回答這個問題確實不易，取得共識當然更困難，但每個人都想愉悅地過完這一生則是相同的。「思想本身能把地獄變成天堂，也能把天堂變成地獄。」這個顛撲不破的道理，我們總希望生活能從地獄變成天堂，而不希望生活從天堂變成地獄吧！這種正思惟是維持生命正能量的源頭，但沒有這樣正能量的支撐，正思惟也就沒有立足之地，會被負能量淹沒。

愛默生（Ralph Waldo Emerson）在〈自信〉一文中說：

如果誰說政治得勢、身體健康、財富增加，好友闊別重逢或其他外在的事情能提高你生活的積極性的話，你不要相信，事情不會這麼簡單。除了你本人，沒有誰能讓你更快樂。

沒有錯，「除了你本人，沒有誰能讓你更快樂。」遺憾的是，我們的苦樂通常都會被外面的境界牽著鼻子走，一點點別人的閒言閒語就打亂了自己的方寸，這正是顯示「正思惟與正定」的不足。只有加強自己的信念，鞏固自己的正思惟與正定，才能確實掌握自己的行為，決定自己的命運。

詹姆斯・艾倫（James E. Allen）在他的《人的思想》一書中寫道：「人們發現，自己改變了對其他事務的看法，他會發現其他事務對他來說也發生了改變……要是他以積極的態度面對生活，他會發現，人生已經發生了巨大的變化。也許你無法得到自己想要的，但能掌握自己所擁有的……改變氣質的神性，就存在於我們的心中。人能得到的，往往是自己思想的結果。」

佛教禪宗公案裏常提到「要做自己的主人翁」，意思是說要相信自己內心深處的佛性，相信自己的內心是純潔、善意與慈悲的，相信人人都有覺性，都可以成佛的。人最怕的是無明，是人云亦云，媚俗從眾，濫情理盲，自悲自大，這都是紅塵滾滾的亂源。不幸的是，這種現象正在我們的社會發生，造成了人與人之間的相互不信任，產生了各式各樣的衝突與鬥爭，結果是天災人禍頻傳，不僅斷喪了人性的尊嚴，也破懷了人與大自然的和諧。

人生路途頓挫難免，只要堅信：「思想能決定我們的一生」，調整好自己的「正思惟」與「正定」，再大的風浪，都會讓我們一帆風順。最後，就用已故哥倫比亞大學赫伯特．霍基斯院長的一首打油詩與大家分享：

時間疾病多，數都數不清，
一些可挽救，一些難治好。
如果有希望，就應把藥找，
若是沒辦法，乾脆就忘了。

若即若離的「嚮往」

在一本書上，看到了這麼一段話：

嚮往是一段距離，沒有這段距離，也就沒有了嚮往的美妙；沒有了這段距離，也就散盡了我們與嚮往之間的那段緣分。對於嚮往，我們真的不能離得太近。

當時，我的閱讀停頓了，停在這話的句點上，不是對這個圓圓的句點有興趣，而是開始沈思這整句話的涵義。

每個人對未來總會存在著某種嚮往。而嚮往，說穿了就是一種欲求，一種未來想要得到的企盼；一種處於現實與理想之間想達到的境界。而事實上，現在與未來之間總存在著一段難以測量的距離，如果沒有這段難以測量的距離，就不能稱之為嚮往。

就是因為有這段距離，才讓人類文明不斷地向前推進，也因為有這段距離，每個人的命運才有了千差萬別的不同。

人世間，每個人總會有欲求、總會有理想、總會有嚮往。你可能嚮往成為傑出的科學家、藝術家或企業家；你也可能嚮往成為一位不受打擾，遠離紅塵的隱士或不問世事的修行人；更可能嚮往成為一位叱吒風雲，呼風喚雨，能掀起人類社會驚濤巨浪的政客，或成為褒貶時局，點評人物的名嘴；成為名留青史的文學家或哲學家……但不管如何，嚮往只是一種誘因，永遠走在我們的前頭，永遠與我們保持一段若即若離的距離，所以與其說嚮往是驅策我們不斷往前走的力量，毋寧說它是一種詩情畫意的朦朧夢幻之美。我們都在有時悲壯，有時怯弱，在如詩如夢的嚮往幻境中，度過了辛酸苦辣、悲歡離合的一生。

說真的，嚮往永遠不會成真，因為嚮往永遠跑在我們的前面，但遺憾的是，直到生命的盡頭，有人還是會因為沒有完成嚮往再三嗟嘆。其實，人生不可能事事如意，有時總會事與願違，留下些許對嚮往的缺憾，並不見得不是一件美好的事情。

曾經聽朋友說過這麼一個故事：有一位女同事對他說，最近美國一個電視臺，請了一位來自義大利的超級男模特兒開班授課，幫老婆們打造一位完美的丈夫，幫未結婚的女人打造一位完美的男友。

在女人的眼中，男人總是稍嫌粗魯，不夠溫柔體貼，體態也顯得不夠優雅。於是超級男模開班授課，訓練在女人眼中不夠完美的男人，成為完美的男人。課程包括要他們做運動，要他們控制飲食，要他們學做家事，要讓他們風度翩翩，彬彬有禮，談吐高雅，要他們學會討異性的歡心，就連脫衣戴帽、坐臥行止的姿勢，也列入了訓練的課程。

節目的收視率不錯，老婆看到不修邊幅的老公可以改造成這樣溫文，樂不可支；女人看到自己的男友可以被訓練成這樣爾雅，也滿心歡喜，還有更多未有男友的女生，對這樣的男人也心嚮往之。

但這位女同事說，有一天一位老同學打電話給她說：「也許我也希望老公完美一點，合乎我的要求一點，不要讓我天天跟在他的後面嘮嘮叨叨。可是這個節目給我的啟示是：『其實老公已經很不錯了，我應該好好接受他的缺點，我不要那種讓女人垂涎的完美男人。』又說：『他如果那麼有魅力，我怕留不住他。我愛上他，其實是因為他有時很笨拙，他的人生需要我的參與，才會稍微變好。』」

朋友聽了她的一番話後，也頗有同感，天底下絕對不會有完美的男人或女人，有時一個人的缺點或瑕疵，正是他或她的可愛之處。當我們在欣賞別人的優點時，我們同時也在包容他或她的缺點。完美不是對方的問題，完美是自己心態的問題，心態轉變了，人事物也跟著完美起來了。

寫到這裏，又讓我想起了另一個故事：有個男人一直不肯結婚，朋友們要他不要耽誤青春。但他堅決地說：「我寧缺勿濫，我要找一個完美的女人。」

他找了好多年，有一天，他跟朋友說：「我終於看到一位完美的女人了。」

「那麼，你怎麼不趕快追求她呢？」

「有啊！可是她對我說，她要找的是一個完美的男人。」

想找完美情人的人，都自認是相當完美的，直到皓首白髮，紅顏老去，才恍然大悟，連自己都不是完美的，又怎能苛求別人完美呢？何況，所謂「完美」，每個人心中都各自有一把尺，你認為不完美的，在別人的眼中可能是完美的；反過來說，別人認為不完美的，你可能認為是完美的。證嚴法師《靜思語》曾說：「一個缺口的杯子，不去看它的缺口，它依然是完美的。」

人要重視緣分，也要肯定緣分，能夠成為終生的伴侶，永遠生活在一起，就是一種緣分。緣分本身就是一種完美的組合，這是何等彌足珍貴，都應該把握與珍惜。

有人說：昨天是歷史，明天是謎語，而今天是禮物，所以英文，把「現在」稱為present。

歷史的昨天已經過去了，只能回憶；未來的明天充滿著難知的無常，像一道待解的謎題，只能猜測；像一分神奇禮物的今天，我們現在已經擁有了，應該感恩與珍惜。

完美或不完美，都緣自心中的那分愛與感恩，一位肢體殘疾的小孩，在父母的眼中，他也是完美的，因為父母對他的愛，從來沒有缺少，認為能夠陪伴他成長，心中滿懷感恩。

愛與感恩是所謂「完美」的源頭與本質，失去愛與感恩，世間的一切都是殘缺不全。保持對完美的渴求與嚮往，固然是一件好事，但對得來不易的已有緣分更應珍惜。

完美與不完美，是一種心態，一個念頭而已，保持愛與感恩的心，就是完美的境界了。

生命之河要有牢靠的兩岸

一位哲學家曾這樣說：

一棵樹棲息一群鳥，把樹砍了，鳥兒也就沒有了嗎？

不，樹上的鳥兒沒了，但牠們在別處。

同樣，此一肉身棲居過一些思想、感情和心緒，這肉身火化了，那思想、感情和心緒也就沒有了嗎？

不，它在別處。倘若人間的苦難從未消失，人間的消息從未減損，人間的愛願從未放棄，它們就必定還在。

這位哲學家說得真好，樹砍了，棲息在樹上的鳥兒飛了，但鳥兒還是在，只是在別處。人死了，變成灰燼，化為烏有了，但他曾經有過的那些思想、情感和心緒並未與身軀俱滅，只要世界還在，人類尚存，苦難依舊，愛願還有，那思想，那情感，那心緒，也都還會在。

有形的物質會有生滅，無形的精神與思想，情感與心緒，只要有人類尚存，它們都會一直存在。曾經有一個人到西藏去旅遊，之後在他的文章中寫道：

你能買到滿大街的藏族工藝，卻無法買到藏族文化；你可以聽到松贊林寺的風鈴聲，卻未必能聽到香格里拉的歷史足音；你能攀登到阿明靈洞的入口，卻不一定能攀登東巴文化的巔峰。

這真是一位善於旅遊的行者，不僅醉心於外在的景物，對於那些似有似無的歷史文化，亦有一番沁透心扉的體悟。過去，人類用歲月累積了文化；現在，文化卻僅附屬在工藝品中，漸漸被人淡忘。遠古以來聖人與凡人共同開創的歷史，如今卻隱藏在寺廟的風鈴聲裏，僅供人們的參悟。人或許能夠登上世界最高的山峰，但誰又能夠攀登到人類文明的高峰呢？

一位負責恆河整治的印度水利工程教授這麼說過：

作為一名科學家，我必須解決這個世界上的問題，但除了這個有形的物質世界之外，我們還有一個看不見的精神世界。遺憾的是，它往往被世人所遺忘、忽略……我喜歡把恆河看做一條生命之河，信仰和科學就是它的兩岸。雖然這兩岸永遠不會相遇，但是我們知道它們是存在的……沒有科學，我們會回到黑暗的中世紀；沒有信仰，我們的生活會更加貧乏。這就是我為什麼要把清理恆河，視為自己一生的職志。

大家都知道，恆河是千百年來印度人心目中的聖河，它的神聖，或許有些來自生活的認知，但更大程度來自於他們的信仰。凡夫俗子的我們，總是把科學與信仰視為對立的兩面。其實科學與信仰都在成就一個共同的世界，都在雕塑一個共同的理想，那就是形塑一條波濤壯闊的生命之河。事實也證明科學與信仰也都能相輔相成，它們即使在生命之河左彎右拐時，都能配合得恰到好處，沒讓生命之河氾濫成災。雖然如此，深思熟慮的覺者與智者，也不斷地三番兩次告誡我們：要勇於檢視這條生命之河的流淌情況，要關注這條生命之河的何去何從。

有人說：科學與信仰都要一個「真」字，科學要的是「真實」，信仰要的是「真誠」。因為科學研究的是物，信仰面對的是神。科學把人當作肉身來剖析它的功能，信仰把人看作靈魂來追求它的意義。

人的肉身屬於生理的，人的信仰屬於心靈的。生理的剖析，追求的是功能；心靈的感悟，追求的是意義。人不只是為活著而活著，人還須感悟活著的意義，「活著，而且活得有意義」，這就是科學的真實與信仰的真誠。唯有科學的實與信仰的誠，才能成就一條活水源源不絕、清澈流暢、千古流淌的生命之河。

可惜人們只看見科學的強大，所以任憑科學指點江山；忽略了信仰的真誠，任由心靈汙濁乾枯。

或許有人認為，信仰面對的是神，神是那樣的虛無飄渺，難以證實，我們怎麼知道它的存在。沒有錯，「神」的存在是不拘形式，不被特定的。有人說：「神是在被猜想時誕生，在被描畫時存在，在信仰中產生威力。」沒有錯，只要心中有個理想，有個目標，有個典範，有個依託，有個敬畏的對象，加上真誠的信仰，那麼信仰本身就是神，真誠本身就是力量。科學，或許必須用實證來支撐，但信仰不一定要用實證來做後盾。相反地，信仰支撐著希望，支撐著信心，支撐著人類生命之河永遠流淌。

哲學家與科學家，心中常常會浮現這樣的問題：「我在何處？生命的意義又在哪裏？」這真是一個千年不衰的大哉問。面對這樣的大哉問，每個人心中都可以有一把尺，這把尺，人人也都可以不一樣。就如同一位作家所說：「人生真短，『在場』的時間少，生命個體渺小。有限的人，在有限的時間，有限的空間，有限的聚會中，該怎麼活，該怎麼活得充分，活出意義？充滿爭論。」這也就是為什麼在生命的大河裏，會有激流與飛沫，會有波濤與潛流的原因了。

不論每一個人所認知與所信仰的「生命的意義」如何？都希望過個無憂無慮、平順自在的生活。人生雖然短暫，生命雖然無常，但在短暫與無常的人生中，即使想過平淡的生活確也不易。

不過，如果人人能以古人所言的：「世事無常似水流，休將名利掛心頭；粗茶淡飯隨緣過，富貴榮華莫強求。」時時告誡自己，自惕自勉，或許也可以逐漸靠近「淡泊明志，寧靜致遠」的境界吧！

心靈不能不設防

記得小時候，年節快到時，就一直期盼著年節的來臨，年節愈近，年味愈濃，那種愉悅的心情也就愈來愈大。小孩子期盼過年，大人也為過年忙碌起來，賣年貨的，辦年貨的，各取所需，市場熱鬧非凡，外出打工的，外地求學的，也都紛紛打包行囊回家團圓，士、農、工、商，各行各業都為了過年而做準備。儘管過年還是會有幾家歡樂幾家愁，但是大家都懷著「前腳走，後腳放」的心情，逝者已矣，來者可追，暫且放下過去一年的得失與恩怨，把事業上的一切順逆都歸零，用開朗的心情重新開始。

於是「一元復始，萬象更新」，一切要從頭開始，於是長輩們會諄諄告誡，新年伊始要口說好話，心存好願，要歡歡喜喜，笑口常開，要逢人互道恭喜，廣結善緣，不論過去有無過節，有無恩怨，「相逢一笑泯恩仇」，大家圖個吉利，希望來年帶來好采頭。

這樣的年俗，明顯表現在「春聯」文化上。家家戶戶張貼「春聯」，是過年重要習俗。「春聯」的對句，都是一些祈願的話，祝福的話，喜慶的話，無非希望招祥納福，增添年節喜慶。

現在工商發達了，年節氣氛淡化了，「春聯」文化也式微了，但那些小時候耳熟能詳的春聯對句，仍然鮮明地在腦中縈繞。例如：「炮竹聲中一歲除，春風送暖入屠蘇」，「天增歲月人增壽，春滿乾坤福滿堂」；「千門萬戶曈曈日，總把新桃換舊符」，或是「吉祥如意賀新歲，迎春接福喜臨門」等，「春聯」聯語的種類很多，因應各行各業的需要，而有不同祝願聯語。雖然它是一種增添過年喜慶的習俗，但也未嘗不是一種生活情趣的表達。

時間的巨輪不斷向前推移，過去濃濃的春節年味，已隨著時間的流轉而發生極大的變化了，「傳統習俗」終究抵擋不住「現代化」，而人人所說的現代化，其實也就是以西方文化馬首是瞻的「西化」或叫做「洋化」。

「西風壓倒東風」已是不爭的事實，科技所創造出來的物質文明，已經統御了人類的生活方式也是不爭的事實。表面看起來是人類創造了科技文明，實質上是科技文明控制了人類的思維與生活方式。

人類依賴科技愈深，被控制的程度就愈大，到最後，人類終將變成科技的奴隸，任由科技產品發號司令。到那時候，各民族間多彩多姿、美麗繽紛的多元文化就將消失殆盡，西方強權所倡導的「全球化」一旦實現，人類多元文化的時代也就宣告終結，人類會在一元化底下，過著機械化的單調生活。

傳統習俗愈式微，愈讓人懷念傳統文化的價值與其裏頭濃厚的人情味，尤其我們這個已傳承千百年的春節習俗，在西風東漸的衝擊下，也正逐漸淡化，甚至淡出了。

我們不知道這是幸還是不幸，說來或許有些無奈，但西方強勢文化壓境，所向披靡；強權駕凌之處，個個卑膝。儘管潮流如此，但是我們還是要深自反省與心存惕勵，反省我們過去的作為，惕勵我們未來的選擇。

「作為」與「不作為」，都是選擇的結果，我們可以選擇「隨波逐流」，也可以選擇「中流砥柱」；「隨波逐流」容易，「中流砥柱」難為。尤其是在科技威力席捲全球的此刻，把持得住，立得定腳跟，不隨科技起舞的人，總是少數；不隨科技起舞，又能堅持回歸人性面生活的人，更是鳳毛麟角。即或有這樣的人，終究還是會在飽受「眾醉獨醒」的騷擾下，投降繳械，乃至與眾俱醉了。

現在大家都知道了３Ｃ產品正在啃食人類的常態生活，也都知道網路的虛擬世界正在腐蝕人類的傳統價值，但人類還是毫無警覺，一點都不設防地被３Ｃ產品牽著鼻子走。

於是，所謂「低頭族」愈來愈多；３Ｃ成癮的人也愈來愈眾；沈迷於網路虛擬世界的人，已分不清楚人世間何者是虛，何者是實。龍蛇雜處，對錯紛陳，謊言與妄語，煽情與誘惑，誇大與陷阱，都在網路上各顯神通，信息傳播既快且廣，影響人心既深且遠；它們正一點一滴，無聲無息地滲透我們的心靈，讓我們是非難明，善惡難分，真假難辨，正邪難別。心靈不設防的結果就是：傳統價值不斷流逝、獨有文化不斷消失、民族的自信與思想的核心不斷斲喪，最終將淪為西方強權的思想殖民地，不僅生活方式受制，就連思維模式也將如影隨形，隨著西方的腳步亦步亦趨了。

新年伊始，本來應該談些吉利討喜的話題，卻說些讓人煩惱與沮喪的話語，實在有失時宜。但想到過年本來就應以「除舊布新」的態度自我期許，所以才有感而發地自我檢討與惕勵。

我們固然不應該反對西方國家的文化與生活方式，但也應該珍惜自己獨有的傳統與習俗。否則，我們自己的核心價值與傳統文化被抽乾了，完全換成了西方的文化與思想了，這個時候我們還是我們嗎？這個時候我們完全失去了民族性，充其量，只是被西方文化所操控的傀儡而已。

西方科技挾帶著西方強勢文化，大軍壓境的潮流看來是擋不住了，但思想的自主權與傳統文化的保護權，還是取決在我。我們必須有所為，有所不為，對於我們之所以異於別人的傳統文化，不能輕言放棄。

一個國家或民族能不能贏得世人的喜愛與尊敬，關鍵就在於是否能保住自己文化的異質性與歷史傳統的獨特性。「天行健，君子以自強不息；地勢坤，君子以厚德載物。」新年伊始，以此自勉。

幸福何時來敲門

最近有媒體曾對臺灣各縣市做過幸福指數調查，調查的結果公布了，獲得二〇一二年臺灣十大幸福城市的分別是：金門縣、新竹縣、連江縣、苗栗縣、澎湖縣、花蓮縣、臺東縣、新竹市、高雄市、宜蘭縣；而幸福感偏低的縣市是雲林縣、嘉義縣、臺北市、新北市。但據分析，不論是「幸福指數」的資優生，還是後段班，臺灣各縣市平均幸福指數，差一點就不及格。

「幸福」是一種感覺，感覺又因每個人的不同狀況而定，所以每個人對於幸福感的有無與強弱也就不盡相同。據報導，這項媒體所做的各縣市幸福感指數調查，調查的項目包含了家庭關係、人際關係、工作情況、健康狀況、經濟收入、環境品質、治安狀況、宗教信仰、政治權利、地方政府與未來發展樂觀度等。

其實，幸福既是一種感覺，就不是用數字可以估算出來的。但科學就是要拿出數據與證據，沒有數據與證據，通常都不被承認是科學。為了拿出數據與證據，就不得不進行各項的量化調查，有了調查數據，才能據以作為主觀論證的依據，其結果才會被視為科學，才會值得信賴。

事實上，生活在現代的每一個人，他們的幸福感已經被科技的快速發展干擾得不知所措了。人類的諸多享樂與方便來自科技，而人類的諸多煩惱與不幸也來自科技，科學就像是一把活人劍、殺人刀，它給人以物質層面的享受，卻給人以精神層面的困擾，不知道這是人類的幸還是不幸。

世界各國最先強調幸福治國的國家是不丹，過去該國的「幸福指數」表現得相當亮眼，現在他們也開始受不了財富的誘惑，擋不住繁榮的入侵，國民幸福指數也大幅下滑了。

不丹小國寡民，地處亞洲南部，是喜馬拉雅山東段南坡的內陸國，地勢北高南低，北部山區氣候寒冷，高山終年積雪，中部河谷地帶氣候較溫和，南部森林密布，丘陵平原屬溫潤的亞熱帶氣候，地理上屬南亞區域，全國森林覆蓋率為百分之七十二。人口約七十萬，以不丹族和尼泊爾洛昌人為主。

不丹的經濟相對落後於其他國家，但「全球快樂排行榜」曾一度名列世界前茅，因為那時不丹提倡以「國民幸福總值（GNH）」代替「國內生產總值（GDP）」，強調心靈富足比金錢重要，這是小國的聰明處。

所謂「國民幸福總值」就是在於強調整體國民的「快樂力」。當時不丹很清楚知道自己想要的是什麼，也知道自己所不想要的是什麼；既然選擇了自己想要的，就不願隨波逐流，盲目地追逐經濟的成長。他們寧願犧牲高度的物質享受，以追求精神層面的寧靜與快樂。這種治國觀念，當時也確實能獲得全體國民的認同與支持，據報導，一位中學生就曾堅定地說：「如果不追求國民的快樂，我不知道一個國家還能有什麼其他最高目標。」

一個年紀輕輕的中學生當時能有這樣的見解，不得不令人驚訝於不丹王國全體國民思想植根之深與共識之強。而這種深層的思想與堅決的共識，又來自於不丹國王的真知灼見。不丹國王的真知灼見則源於他在英國受教育期間，目睹西方國家在現代化過程中，歷經戰爭、汙染、高失業與高犯罪率，人民的所得與財富固然增加了，但得到的卻是憂鬱與煩躁伴隨而來的不快樂；物資享受固然提高了，但親情卻因趨於功利而疏遠了。也就是有這樣的觀察與體認，不丹才決定走自己的路。

正當世界各國都亦步亦趨地追隨西方強國的腳步，積極發展經濟，打造科技工業強國之際，不丹卻勇於反其道而行，以「保護生態環境，維護傳統文化」為最高施政方針，確也曾贏得世人的讚歎與敬佩。但曾幾何時，這種以追求儉樸生活與維護豐富精神文化的堅持，還是抵擋不住追逐財富與物質享受的誘惑。有報導指出，在全球化衝擊下，不丹人民享受了美好的物質生活後，欲望也愈來愈強烈了。在後來的「國民幸福指數」調查中，不丹只有百分之四十一的國民感到快樂，不丹已經不復是以前高達百分之九十七國民感到快樂的幸福國家了。

從不丹「國民幸福總值」的暴跌，到臺灣「幸福城市」的調查，或許可以給我們一些省思與啟發：不斷追求物質享受，能帶給我們真正的快樂嗎？不斷追求經濟成長，能帶給我們真正的幸福嗎？天下沒有白吃的午餐，享受必須付出代價，開發必定帶來破壞，貪婪必須犧牲心靈的平靜。工業化國家為了促銷產品，必須千方百計地刺激消費；為了刺激消費，必須無所不用其極地鼓勵欲求。有了無止境的欲求，就有無止境的貪婪，伴隨而來的就是「你爭我奪」，就是「名利競逐」，就是「無止境的破壞」，就是「各種工業汙染」，就是「犯罪率不斷爬升，道德不斷沈淪」，就是「人際疏離」，就是「對大自然的予取予求」，一連串的不幸與不快樂接踵而來，人民哪有幸福可言。

幸福與快樂都是一種精神與心靈層面的感覺，追逐高物質享受，永遠會和幸福錯身而過；一味追求高經濟成長，絕對不是帶給人民快樂的萬靈丹。老子在兩千多年前就曾提出獲致幸福快樂的訣竅與祕方，那就是少欲、尚儉與知止。

減少貪婪，崇尚儉樸，懂得放下，才有可能獲致幸福與快樂。但要做到這三種境界又談何容易？就算有九十九個人願意放棄貪婪，只剩下一個人在堅持，貪婪的魔力仍然會不斷擴散。如果一個人寧願充當競逐財富與物質享受的奴隸，心靈又怎能獲得快樂？如果一個人不能從減少欲望、降低貪婪著手，過著儉約平靜的生活，又豈能奢望幸福不斷來敲門呢？

只有良知才能征服愚昧

有這麼一則故事：

古時候有一位國王，年紀大了，想將王位傳給一位名叫奧魯拉的年輕人，但國王又擔心奧魯拉太年輕，承擔不起治理國家的重擔，為了審慎起見，他決定試試這位年輕人的智慧。

國王把年輕的奧魯拉傳喚到面前，並對他說：「我要你用世界上最好的東西，為我做出一席最好的菜餚。」

奧魯拉奉命，馬上到市集去四處尋找，最後買了幾條牛舌頭。回家後，做了幾道風味各異的牛舌佳餚，送到國王面前。

國王嘗了風味各異的牛舌菜宴，果然各有特色，相當可口，很是滿意。但是國王就是想不通，市場上那麼多山珍海味的食材，為什麼奧魯拉偏偏只買牛舌頭呢？國王把他的疑問向奧魯拉提出來。

奧魯拉回答說：「尊敬的國王，世界上所有的東西中，舌頭是最珍貴，最重要，而且是最好的。它可以傳達君王英明的決定；褒揚與傳頌賢德之人的善行；可以送人以溫暖的話語，讓絕望的人，重新燃起希望的火炬；可以讓迷途的人，走向正途；讓孤獨的人不再寂寞；讓癡愚的人學到智慧；讓人與人相互和諧溝通，讓國與國相互和平往來。所以它是世界上最美好的東西。」

「有道理！」國王聽了奧魯拉的一番話後說。心想：奧魯拉果然是位有智慧的年輕人。但國王還是不放心，想再考驗他一次。於是他對奧魯拉說：「現在你已經為我準備了世界上最美好的菜餚了。但我還想請你再為我做一道世界上最不好的菜餚。」

於是奧魯拉又到市場上尋覓了一番，最後還是買了幾條牛舌頭，回家後他把牛舌頭做了幾道菜餚，送到國王的面前。

國王一看，怎麼又端來牛舌頭做的菜席呢？於是問奧魯拉說：「上一次你把牛舌頭當作最好的東西，做了幾道最好吃的菜讓我品嘗。這一次怎麼你又把牛舌頭當作最壞的東西，做了最難吃的菜餚送到我面前呢？」

「尊敬的君王，」奧魯拉淡定地回答說：「在這個世界上，舌頭是最重要的東西，也是最壞的東西。它可以假傳聖旨，可以侮辱別人品格，可以破壞別人的好名聲，可以造謠生事，可以顛倒是非，可以紊亂善惡，可以以訛傳訛。它像一把利劍，用惡語挑撥離間，用謊言模糊真偽，中傷君子，使小人洋洋得意，使兄弟反目，使好友猜忌，甚至可以使族群與族群之間出現矛盾，製造仇恨，產生對立，發生衝突與爭鬥，讓社會動亂不安，讓國家衰弱滅亡。」

國王聽了奧魯拉的說明後，感嘆地說：「你說的都是真理啊！你雖然年輕，卻果然真有智慧！我可以放心地把治理國家的重責大任交給你了。」

沒有錯，一言可以興邦，一言也可以喪邦。言語可以蠱惑人心，也可以激勵士氣；可以成人之美，也可以毀人名節。言語像是一把銳利無比的劍，可以救人，也可以殺人；像一泓深不見底的汪洋大水，可以載舟，也可以覆舟。所以古代聖賢才說：「君子應慎其言。」

遺憾的是：「人，既有嫉惡如仇的天性，又有不別善惡的缺陷。」於是有人就會利用人們「不別善惡」的缺陷，撐起貌似公平正義的大旗，進行圖謀私欲之言行，蠱惑著人民進行「嫉惡如仇」的鬥爭。

許多人被蠱惑而不自覺，被利用而不自知，於是「一犬吠影，眾犬吠聲；一人吐虛，萬人傳實」的景象，時有所聞。

臺灣知名的經濟學教授高希均，他在新著《開放臺灣》一書中說：「生活在臺灣的人民，有共同的特質：善良、樸實、守分。但這些『分內事做好的』沈默大眾，是無法對付那一批不擇手段，不分是非，無視法治，缺少良知，充滿貪婪及私欲所形成的共結構。有一群人在政治民主（政府不敢查）、言論自由（政府不敢管）、政府負責（政府不敢辯）三面大旗掩護下，迷惑了是非，激發了民怨，沖垮了公權力。」

對臺灣媒體生態與政治社會怪現狀，高教授的針砭，真是一針見血。

「在民粹的風浪中，臺灣的政黨已變成『惡鬥』，媒體已變成『惡報』，誰也沒有特效藥來對付這雙惡。」高教授的感慨，相信都是沈默大眾的感慨。

他也說：「民主政治與言論自由是歐美國家的兩個特徵。近十年來，可惜這兩個珍貴的資產，居然變成了臺灣沈重的負債。」高教授的無奈，相信也是沈默大眾的無奈。

大家都知道，「民粹現象」已籠罩著整個臺灣，高教授對「民粹現象」，也做了精闢的詮釋。他說：「『民粹現象』是一些反對者及其啦啦隊，可以靠信口開河的聲音，不求查證的文字及煽動的簡訊，抹黑別人的人格尊嚴，阻擋政策，擱置改革。」

因此，《開放臺灣》一書把現在臺灣媒體與名嘴表現出來的怪現狀，一一列舉出來：

- 把「壞」消息當熱賣的「好」新聞。
- 把做壞事的「惡人」當成「名人」。
- 把翻雲覆雨的「政客」當「英雄」。

- 把違反做人做事原則的「叛逆」當成「好漢」。
- 把堅守原則的「君子」當「傻瓜」。
- 把信口開河的對答當成獨家。

儘管如此，高教授仍然懷抱著希望，呼籲說：「我們不能再陷臺灣再次地集體愚昧。別讓臺灣人的『良知』消失；只有良知才能征服愚昧。」高教授這番話，真的語重心長。但在謊言與貪婪的年代裏，這樣的呼籲，是否能喚醒執迷不悟的政客，與唯利是圖的媒體；是否能鼓舞沈默大眾發出對抗愚昧醜惡的良善聲音，那就要看臺灣人民是否具有足夠的智慧與勇氣了。

情緒決定幸福感

弟子問無德禪師：「同樣一顆心，為什麼心量有大有小？」

禪師沒有直接回答問題，只對弟子說：「請你眼睛閉起來，默造一座城堡。」

弟子閉起眼睛，冥想默造，建構出一座巨大的城堡。然後他對無德禪師說：「師父，城堡造好了。」

禪師又說：「現在，你再閉起眼睛，默造一根毫毛。」

弟子再閉起眼睛，冥思再造一根極細的毫毛。不久又說：「毫毛造好了。」

禪師問弟子：「當你默造城堡時，只用你自己一個人的心去造呢？還是借用別人的心共同建造？」弟子說：「只用我自己一個人的心去造。」

禪師又問：「那你造一根毫毛時，是用你全部的心去造呢？還是只用你一部分的心去造？」

弟子說：「是用全部的心去造。」

於是禪師對弟子說：「你造一座巨大的城堡，只用你一個人的心去造；造一根纖細的毫毛，也是用你一個人的心去完成。可見你的心是能大能小的啊！」

人的心就是這麼奇怪，它能大，可以大到「心包太虛」；它能小，可以小到「不容纖毫」。既然，心能大能小，當然也就能善能惡，能美能醜，能愛能恨，能真能假……所以佛法才說：「一切唯心造。」

但「一切唯心造」的這個心，並不是人的原初本心，而是經過後天薰染過的心。人的本心是清淨無染的，是純潔得像一張無瑕的白紙。因為它全然清淨無瑕，所以就不存在所謂的善與惡。只有當清淨的本心透過後天的薰習，受到汙染了，才產生淨垢之別，才有了善惡之分。有了善惡之分，就產生分別的認知與對立的狀態。

所謂：「人之初，性本善；性相近，習相遠。」就是在闡釋這個道理，就是在說明人的心性本來是善良的，因為受到環境的薰染，使得原本善良的本性，產生了差異化；而心性差異化的程度，跟隨著不同薰染的程度成正比，於是每個人就有了不同形式的「意識形態」的產生。

而每一個人的意識形態又會各自投射到對外界事物的認知與對人物對錯的褒貶上。而且每個人對各自的意識形態，都會固守它，護衛它，於是就產生了意識形態的對立。不同意識形態的人，彼此相互口誅筆伐，相互對立仇視，相互衝突與殺戮、戰亂與不安等的人禍就接踵而來。

放眼現今社會，民眾在外在環境與媒體資訊的耳濡目染下，大家崇拜的對象是強者、是悍將，是膽魄與鐵腕。誰敢衝敢撞，敢謾敢罵，敢聚眾壯膽，敢展現群眾力量，誰就是眾人仰望的對象。大家再也不能冷靜思考是非對錯，只要認為自己「造反有理」，革命當然就無罪。於是人與人之間，以歧異冷漠為起點，以仇視衝突為過程，以受苦受難為收場。所以大陸作家余秋雨才感慨地說：「現在善良是無用的別名，慈悲是弱者的呻吟，於是一個年輕人剛剛長大，就要在各種社會力量的指點下，學習如何把善良和慈悲的天性一點一點洗刷乾淨。」

他認為：「人際關係中的濃度，大多由誇張、捆紮、煽動而成。時而熾熱、狂喜；時而痛苦、憤怒，其實都是一種自欺欺人的借口造成的負面消耗。批判、鬥爭、辯論、輿情等等，也大致如此。」由於他有這樣的洞見與微觀，因此他直率地指出：「我之所以一直不喜歡政客、名嘴、意見領袖，也與他們故意誇張人際關係的濃度有關。通觀歷史，這種誇張固然留下過偉業的傳說，盛事的故事，但主要還是造成了災難，而且是無數實實在在的災難。」

孔子也曾說過：「惡紫之奪朱也，惡鄭聲之亂雅樂也，惡利口之覆邦家者也。」余秋雨的感慨，正是兩千多年前孔子的感慨。孔子的那個年代是群雄並起的時代，是價值觀念崩解的時代，是戰亂頻傳的時代，是禮崩樂壞的時代，是人的善良本性受到極度挑戰的時代，所以孔子才會提出這麼嚴厲的指控。不管你同不同意孔子的指控，但無論如何，善良與慈悲在我們這個時代，成為弱者的代名詞，成為被嘲諷的對象，似乎已是不爭的事實了。

人性本善或人性本惡，是千百年來哲學家爭論不休的問題。姑且我們不論誰對誰錯，人生短暫，總應該有一個驅使我們代代相傳的目標。我非常同意美國哈佛大學心理學教授泰勒．本．沙哈爾說的：「幸福感是衡量人生的唯一標準，是所有目標的終極目標。」

沙哈爾說：「人們衡量商業成就時，標準是錢。用錢去評估資產和債務，利潤和虧損，所有與錢無關的都不會被考慮進去，金錢是最高的財富。」他又繼續說：「但我認為，人生與商業一樣，也有盈利和虧損。具體地說，在看待自己的生命時，可以把負面情緒當作支出，把正面情緒當作收入。當正面情緒多於負面情緒，我們在幸福這一『至高財富』上，就盈利了。」

沙哈爾教授的一席話，給了我們很大的啟發，尤其對於我們現在所處的負面情緒多於正面情緒的社會，有極大的反思作用。

臺灣民眾所以普遍感到不快樂，不幸福，就是因為我們的社會負面情緒多過正面情緒。

所以如果要我在人性本善與人性本惡之間做選擇，我寧可選擇人性本善，寧可凡事都往正面的方向去想。如果，人人都能培養樂觀積極的正面情緒，減少相互謾罵敵視的負面情緒，我們的社會就會有較多的正能量與正情緒，對個人、對社會、對國家，才是一筆真正的「至高財富」。

不盡然是數學題

媽媽問剛上幼稚園的小女兒：「1＋1等於多少？」小女兒不假思索地說：「1＋1等於2啊！」然後得意洋洋地望著媽媽說：「您笨死了。」

小學一年級的老師問班上同學說：「1＋1等於多少？」全班同學毫不遲疑地說：「2！」回答甫畢，一位同學補上一句話：「那還不簡單！」

一對情侶手牽手在公園裏散步，忽然帥哥問美女說：「1＋1等於多少？」美女愣了一下，注視著帥哥說：「當然是2啊！這是什麼問題。」

小孫子問頭髮斑白的爺爺說：「1＋1等於多少？」爺爺慢條

斯理地說：「等於2啊！你以為爺爺老了，不中用了嗎？」

經驗告訴我們：1+1必然等於2。這不僅是數學的問題，也是自古以來人類認知上的問題，無論古今中外，不論男女老幼，都把它看成顛撲不破的真理。然而，這種部分相加，是不是必然等於全體？或許還有深入思考的餘地。

德國心理學家韋特海默（Max Wertheimer）做了一個「關於運動視覺的實驗」，研究在什麼條件下，「不動的東西」會被看成是「動的東西」，這就是所謂的「似動現象」。

「似動」望文生義，就是「好像在動」，其實每個個體本身是靜止不動的，但在某些條件與大腦視覺作用下，「雖然刺激物的各種刺激成分都是靜止的，但整個刺激模式產生了無法否認的運動特徵。」從而證實了完形心理學（格式塔心理學）的經典格言：「部分相加，不等於全體。」

人的大腦視覺如此，物理學、化學或心理學的實驗也是如此。1＋1等於2是數學的簡略邏輯概念與符號，運用在物理學、化學、心理學或其他哲學、文學等領域中，就不盡然了。

過去毛澤東曾說「人多好辦事。」以為人多了就可以把事情辦好，但事實證明有時候人多反而礙事，因為人多嘴雜，意見紛呈，各執己見，不僅無濟於事，反而徒生枝節。

「民主」制度，講究的是「人多勢眾」。誰能擁有多數人的支持，誰就可以成為龍首，就可以成為領袖。但他們是否能成為稱職的龍首，成為傑出的領袖，就要看被推舉出來承擔重任的人，他們的智慧、魄力與各種協調能力的表現了。這個時候，就再也不用1＋1一定會等於2的數學習題來衡量了。

西方學者考柏（William Cowper）說：

知識與智慧絕非同一樣東西，甚至不太有關係。知識是在腦子裏塞滿別人的想法，智慧是在心靈中聆聽自己。知識是以自己所知甚多而驕傲，智慧是以自己所知有限而謙卑。

我們對這段話頗有同感，所以敢肯定的說：「1+1等於2」的數學題，不能全然運用於人類社會的互動關係裏。誠如奧斯勒（William Osler）所說的，人心多變，絕對不能用數字估量。他說：

即使用鏈子能拴得住閃電，但誰又能拴得住人心？人心是多麼怪異的綜合體，前一陣還裏在福報的狂喜中，一轉眼卻又陷入了邪惡的泥淖裏。

中國古籍《呂氏春秋．慎行論》也有這麼一段記載：

使人大迷惑者，必物之相似也。玉人所患，患石之似玉者；相劍者之所患，患劍之似吳干者；賢主之所患，患人之博聞辯言而似通者。亡國之主似智，亡國之臣似忠。相似之物，此愚者之所大惑，而聖人之所加慮也。

意思是說：令人深感迷惑的，一定是那些看來相似的東西。玉工憂患的，是看起來像玉一樣的石頭；相劍的人憂患的，是看起來像吳國干將一樣的寶劍；賢明的君主憂患的，是那些見多識廣，能言善辯，看起來像是通達事理的人。

亡國的君主，看起來像是很聰明；亡國的臣子，看起來像是很忠誠。相似的事物，使愚鈍的人深感迷惑，而聖明的人也要對它們認真地加以辨識思索啊！

而《淮南子．說林訓》中同樣提到：

楊子見逵路而哭之，為其可以南，可以北；墨子見練絲而泣之，為其可以黃，可以黑。

換成現代的語言就是：「楊朱看見四通八達的大道，就為之哭泣，因為在岔路上，可以通向北面，也可以通向南面；墨子看見柔軟潔白的練絲，就為之哭泣，因為它可被染黃色，也可被染成黑色。」

道理很簡單，就是要我們做正確的選擇；水可載舟，亦可覆舟，數字的累積固然可以成為一股強大的力量，但也別忘，數字的眾多也可能一夕潰堤成災。眾與寡，大與小，是福是禍，確實讓像墨子與楊朱這樣有智慧的人感到憂慮而哭泣，何況凡夫愚鈍如我們呢？

《老子》：「禍兮福之所倚，福兮禍之所伏。」福與禍的轉捩點繫於人心的正與邪。人的心思正確而祥和，自然福至而心靈；人的思想偏私而暴戾，自然生靈塗炭，百姓遭殃。這就不是民主多數決的數量問題，而是「從量變到質變」的心量問題了。

《漢書．伍被傳》有一句話：

聰者，聽於無聲；明者，見於無形。

聰明的人在別人未說之前，便有所知曉；明智的人在事物還沒出現之前，就能覺察到將要發生。

也就是說：人要有透澈事理與洞察能力，要有能掌握先機的先見之明。這種洞察力與先見力，就都非數學題了，雖然有時數字可以提供我們做為研析與推理依據，但關鍵還是在於我們當下的那一念心。

真理只有一個，不因為多數人反對，就變成不是真理，就如同愛因斯坦所說的：「如果我是錯的，一個人反對就夠了；如果我是對的，再多的人反對，它依然是對的。」我們創造了數字，但別受數字所主宰。

常做好事的人會比較幸福健康

多年前在一個偶然聚會的場合，遇到一位「中年」男子，他笑口常開，笑聲爽朗，談吐風趣，親切怡人，我們天南地北，從生活瑣事到世界大事無所不聊。當時直覺他見多識廣，歷練豐富，應是飽經了歲月錘鍊，但從他的外表看來又是那樣年輕，不禁問起他的年齡。不問還好，一問之下，令我相當吃驚，真不敢相信眼前這位看起來像四、五十歲的中年男子，竟然已是七十多歲了！

於是我話題一轉，請教他的養生之道。他說：「我是鄉下人，是個粗漢子，我哪有什麼養生之道，不就是餓了就吃，累了就睡唄！」

「那您看起來怎麼一點都不顯得蒼老呢？按道理，七十多歲了，臉上應該留下些時間的刻痕，多少應該有些皺紋了；肌肉在地心吸力的作用下，多少應該有些鬆垮了；行動在身體器官的長期折舊下，多少應該有些遲緩了；說話在聲帶的不斷磨損下，多少應該稍許變弱了，但您說話還是中氣十足；您的臉頰還是光滑紅潤；您的體態還是結實挺拔；您的笑聲還是宏亮有力；您一定有什麼特殊的養生方式，否則怎麼可能保養得那麼好。」

他笑笑說：「我是平凡的人，一向過著平凡的生活，和其他人並沒有兩樣。如果硬要說和別人有所不同，那可能就是我的生活態度吧！」

「生活態度？是怎樣的生活態度？」

他說：「人生苦短啊！既然人生苦短，何不好好地過生活呢？歲月稍縱即逝，與人相處何必有太多的計較呢？所以每天我總是要找些理由讓自己快樂。我總是告訴自己：心裏想的，都要是好事，不稱心如意的事，就當作沒有發生過，讓流水般的歲月將它流走，每天沒有煩惱憂愁，天天都高高興興，快快樂樂，或許就是這樣，歲月也就手下留情，較少在身上下重手，留下刻痕吧！」

我說：「每天快快樂樂，無憂無慮，您是怎麼辦到的？」

他說：「怎麼辦到的我不知道，我只是不斷提醒自己，不要想太多，每天過著簡單的生活，有空就找些朋友串串門子，聊聊高興的事，總是希望天天過著四樂的生活。」

「哪四樂？」我急著問。

他故作神祕，有點開玩笑地說：「這是我的不傳之祕耶！不過，今日你我有緣，我就口傳心授，算是與人為善吧！」一陣爽朗的笑聲後接著說：「四樂就是：一、生活要知足常樂；二、作人要助人為樂；三、工作要苦中作樂；四、情趣要自得其樂。」

他慎重其事地告訴我：「不要小看這稀鬆平常，人人琅琅上口的四樂，做起來可不簡單喔！如果能踏踏實實地做到，常保年輕長壽就不會只是夢了！」

事隔將近二十年了，我不知道這位老人是否依然健在，但昔日與他談話的情景仍然歷歷在目。如果他依然健在的話也有九十好幾了吧！雖然人生無常，但我寧願相信他丰采依舊，仍然健康樂觀，一派風趣豪爽。

重提這件陳年往事，是因為最近看到一篇有關醫學研究的報導。該報導指出美國最新研究發現：「不同形態的快樂，會影響基因表現，進而使免疫系統產生變化。」

又說：「如果是透過做好事，做善事而得到快樂，發炎基因會比較微弱，抗體基因與抗病毒基因也會變得比較強大，對身體免疫有正面幫助。」

不過，研究人員也指出：「如果一個人是透過購物，或透過自我滿足而得到快樂，結果會是相反。」

報導進一步指出：「透過購物，或透過自我滿足的人，體內的發炎反應往往較為嚴重，且抗體基因與抗病毒基因也顯得較為虛弱。」

這項由美國加州大學洛杉磯分校醫學教授史提夫・柯爾與北卡羅萊納大學的芭芭拉・佛萊德瑞克森教授花了大約十年的時間，首次探討正面情緒、積極心態影響基因表現，研究報告結果顯示：

- 常做好事的人會比較幸福，身心狀態也較為健康。
- 如果一個人的快樂，來自更深層的動機與生命意義的實踐，免疫細胞基因的表現，就會產生正面變化。

・當基因表現趨於正面，可以幫助人類免疫系統對付外來細菌或病毒的威脅，一旦環境出現變化，免疫系統適應能力也會比較好。

就是這篇報導，讓我聯想起當年那位老人家的「快樂養生論」。老人的「快樂養生論」是從生活體驗中歸結出來的寶貴養生智慧與人生哲學；美國學者研究發現的「快樂健康論」則是經過長期科學實驗，歸納出來的醫學發現。

不論是生活體驗萃取出來的人生智慧，還是科學實驗提煉出來的醫學發現，都印證了「知足常樂，助人為樂，苦中作樂，自得其樂」的生活態度，確實有助於身心健康。而「好人有好報」也確實不只是勉人行善的口號。因為科學研究證明了：處處行善，隨時做好事，樂意幫助別人的人，生活確實比較幸福。這種正向的快樂形態所獲致的幸福，有別於物質享受所帶來的負向形態的快樂。那種靠不斷購物，滿足自我的虛榮，人啖山珍海味滿足自我的口腹之欲，都只會帶來欲望的更大擴張，對身心反而造成更大的傷害。

往事歷歷，由於這項報導，讓我更懷念起那位老人，更敬佩他的生活智慧，更認同他的處世哲學。「好人有好報」這句話，現在我更深信不疑了。

而「知足常樂，助人為樂，苦中作樂，自得其樂」的四樂生活哲學，也將奉為終生圭臬了。

聲從哪裏來，又往哪裏去？

搖滾音樂演唱會上，演唱者在臺上聲嘶力竭，青年男女在臺下吶喊狂嘯，隨音樂節拍，舞動肢體，瘋成一片，對他們來說，這是融入，這是解放，這也是一種忘我的享受。

古典音樂演奏會上，全場鴉雀無聲，演奏的琴聲征服了在場聽眾的心靈，大家凝神貫注，人人心領神會，似乎進入了音域的美感境界，從中領納屬於自己的想像與快感。

對人類來說，聲音似乎具有一定的魔力，每個人每天都被各種不同的聲音所驅使、所左右。馬路上的車輛喇叭聲，指揮著你靠邊走；學校的上課鐘聲，命令你趕快進教室；攤販的叫賣聲，引發你的購買欲；鄰居的叫罵聲，叫人心神不寧；主管的讚美聲，讓你一天有了好心情；雨打芭蕉的聲音，讓人悅耳，產生了詩意；夜間蛙鳴的聲音，讓人享受仲夏之夜的閒情……種種音聲，種種心行，聲音的魔力如影隨形，掌控了我們的喜怒哀樂與作為對應。

雖然聲音像是魔法師所施展的幻術，可以讓人耳亂神迷，但只要我們看穿它的本質，洞悉它的技倆，再高明的魔法都會在「火眼金星」下頓然削弱於無形。也就是說：只要我們心中把定得住，再淫亂的「鄭聲」也不會亂了雅樂；再惡毒的利口，也不會覆了邦家。

佛法中有「六根、六塵、六識、十八界」的說法，眼、耳、鼻、舌、身、意的六根，色、聲、香、味、觸、法的六塵，與依六根而有六識，合稱為十八界。除了聾啞之外，我們都活在由耳根、聲塵與耳識的相互作用下產生的「聲的境界」裏。對於聲界的探討，佛法中的論述相當多，也相當鞭辟入裏。例如《大樹緊那羅王菩薩所問經》中有這麼一段記載：

大樹緊那羅王菩薩有微妙的音聲，這種微妙的聲音，一方面是用來讚美佛陀，一方面是用來引發人們對佛陀的信仰之心。

有位天冠菩薩聽了大樹緊那羅王的歌聲、琴音之後，相當感動，就問他：「您的琴聲那麼動人，是從哪裏來的呢？是從琴裏發出來的呢？還是從你的手中發出來的？你唱的歌那麼悅耳，是從口中發出來的呢？還是從你的心中發出來的？」

大樹緊那羅王菩薩告訴天冠菩薩說：「那些琴聲不是從琴裏發出來的，因為琴放在一旁不去動它，自己是不會發出聲音的。但也不是從手裏發出來的，因為手指本身也不會發出音聲。我所唱的歌，既非從口出，也非從心出，一切都是如幻如化，一切都是即起即滅，所以聲音是無所從來，也無所從去，本無自性，畢竟空寂的。了解了聲音的緣起生滅，就可以體悟到甚深的無住空義了。」

無住就是無常，無常涵藏著「空寂」的深義。佛法有所謂「緣起性空」，「因緣所生法，我說即是空」。宇宙萬物本來空寂，因緣聚會而有了世間萬有，因緣消失，萬有又重歸於空寂。

所以大樹緊那羅王菩薩才說：一切都是「如幻如化」，一切都是「即起即滅」，人世間本來是空寂的，因為各種因緣條件具足了，聲音就產生了，所以聲音是無所從來，也無所從去，隨著因緣具足而來，隨著因緣滅散而去。

蘇東坡有一首吟唱琴聲的詩云：

若言弦上有琴音，置於匣中何不鳴？

若言聲在指頭上，何不於君指上聽。

蘇東坡用發問的方式，啟發人思索聲從何來的問題，同時也提示了《大樹緊那羅王菩薩所問經》中所要詮釋的涵義，讓我們認真思考聲音緣起生滅的道理。

他要告訴我們的是：孤立的琴聲並不存在，一切都是緣起生滅，聲音不在弦指，但也不離弦指，聲音是在弦指、琴腔、空氣等等的眾緣和合之中而有。

唐宋八大家中，歐陽修的散文堪稱一絕，尤其他的〈秋聲賦〉更是膾炙人口。該篇文章描述「秋聲」的淒切與肅殺，進而抒發了「物既老而悲傷」，「物過盛而當殺」的自然規律與人世間盛極而衰的慨嘆。

文章開頭說：「歐陽子方夜讀書，聞有聲自西南來者，悚然而聽之，曰：『異哉！』初淅瀝以蕭颯，忽奔騰而砰湃，如波濤夜驚，風雨驟至。其觸於物也，鏦鏦錚錚，金鐵皆鳴；又如赴敵之兵，銜枚疾走，不聞號令，但聞人馬之行聲。」這樣的敘述把秋聲呼嘯肅殺的景象，描繪得既具象又鮮活，真不愧是唐宋八大名家之一了。

由「秋聲」的悲愴與蕭颯，引發「草木無情，有時飄零。人為動物，惟物之靈，百憂感其心，萬事勞其形，有動於中，必搖其精。而況思其力之所不及，憂其智之所不能」的感慨。

在這種百憂感其心，萬事勞其形的情境之下，人們鮮紅滋潤的膚色豈能不變得蒼老枯槁，烏黑亮麗的鬢髮，豈能不變得蒼白乾燥。因此歐陽修感嘆人類的不自量力，偏要「以非金石之質，欲與草木爭榮」，這不是太可悲了嗎？又哪裏能怨得了秋天的肅殺之聲呢？

時節因緣，大自然呼吸的氣息不一樣，所發出來的聲音也不一樣。春天煦煦和風的聲音與秋天淅瀝蕭颯的聲音，當然也就不盡相同，即便是同樣的「秋聲」，聽的人心境不一樣，所聯想的意涵與所產生的共鳴也會不一樣。讀了歐陽修的〈秋聲賦〉，或許你心有戚戚焉，也或許你感到不以為然！但無論如何，我們知道了聲音「因緣而來，因緣而去」的空寂本性，洞悉了色、受、想、行、識五蘊的運作與「一切唯心造」的心理作用，就能領悟禪宗所謂「隻手之聲」的精義，就不會受到社會狂亂喧囂的聲音所迷惑。

人生隨堂考

在競爭的社會裏，大家都想掌握優勢，大家也都不想放棄優勢，似乎誰掌握了優勢，誰就等於掌握了致勝點；誰掌握了致勝點，誰就能予取予求獲得最後的勝利。

於是大家都在爭取掌握優勢，爭取創造優勢，爭取緊抓優勢，爭取運用優勢。由於大家太重視優勢了，反而忽略了太重視優勢所可能帶來的思想盲點；障礙了登上清楚宏觀全局的制高點；結果形勢比人強，優勢反而變成了劣勢。

曾經聽過這麼一個故事，大意是說——

有一家知名的大企業刊登了一則高薪聘請工作人員的徵才啟示，吸引了上千人報名應徵。公司從上千名報名的應徵者中，逐一過濾，挑選出近百位學經歷俱佳的應徵者參加複試。

複試時，公司老闆親自出題，他的題目沒有是非、選擇題，也沒有問答、作文題，他只出了一個狀況，讓每一位應徵者做出排除狀況的最好方法與策略。

老闆出的狀況題是這樣的：

在一個風雨交加的晚上，街上行人已經非常稀少，這時風大雨大，氣溫驟降，北風陣陣，商店也因為路上行人稀少而紛紛關門了。就在昏暗的街燈底下，路邊的公車站牌前有三個人正焦急地等待著搭乘公共汽車，偏偏受風雨愈來愈大的影響，公車卻又遲遲不來。

這時，你正好開著一輛迷你小轎車經過。你注意到了這三個焦急等候公共汽車的人了。駛近一看，你發現這三個人當中，一位是病得不輕的老人，必須趕快送往醫院，否則生命恐或不保；

一位是曾經救過自己生命的醫師，他是你的救命恩人，你一直都在找機會報答他；第三是位美麗的小姐，她正是你心愛的女朋友。他們都急需你的幫助，但遺憾的是：你的車子了，僅能搭載一人。請問你會選擇搭載哪一個人？

這或許是一項性向測驗，也或許是一種機智反應，更是在測驗應徵者的思辨能力與危機處理。總而言之，你必須圓滿解決問題，化解危機。

應徵者稍作思考後，大家紛紛在試卷上振筆疾書。有的人說，會讓體弱生病的老人上車，因為救人一命勝造七級浮屠，何況老人家生命垂危，不馬上送醫，生命恐怕不保。這樣做，或許他的大恩人與他心愛的女朋友會對他不能諒解，但也只好日後道歉解釋了。

有人說，他會讓曾經救過他一命的大恩人上車，因為知恩不圖報和禽獸有什麼不同？至於生病的老人，已到了風燭殘年了，生命自然都會老病，更何況老人跟他非親非故，即使不載他，也不會產生愧疚感。至於心愛的女朋友如果對他所做的決定不諒解，也只好由她了，天涯何處無芳草嘛！

有人說，會先載他心愛的女朋友離去，因為這是博得美人歡心的大好機會，機會一錯失，恐怕以後再也找不到機會了。至於大恩人，以後再找機會報答，老人就由別人救援吧！

甚至有人說，他會故意視而不見，疾駛而過，三個都不載，以免顧此失彼，左右為難，採取「處理難以圓滿的難題，走為上」策略。何況公車或許馬上就到，即使公車遲遲不來，後面還會有車子經過，一定會有人幫助他們，自己的車子只能載一個人，實在無能為力。

試卷上對於處理上述狀況的方式林林總總，表述不一。大企業老闆在近百位應徵者中，最後僅錄取一人。這個年輕人在試卷上這樣寫著：

我會把我車子的鑰匙交給醫師，因為他是我的救命恩人，我必須報答他，並請他載著病危的老人趕赴醫院。然後我自己留下來陪伴心愛的女友，她此時正需要我的陪伴，而我也不願意放棄這千載難逢的機會，所以我會留下來陪伴她，一直等到公共汽車來了之後，一起搭車離去。

狀況就這樣圓滿解決了，沒有洋洋灑灑的陳述，卻能讓相關的四個人都能「各盡所能，各取所需」，獲得最好的結果，年輕人當然就這樣被錄取了。

年輕人的神來一筆，可能是一時靈感的觸發，也可能是深思熟慮的決定；但不管如何，他能夠打破思維上的盲點，從執著的框框中突圍而出。而絕大多數的應徵者，都執著於自己的擁有，執著於掌握了汽車的鑰匙不放，執著於小轎車必須由自己掌控的迷思；太多的執著，在頭腦裏就產生了一個個的框框，每個框框都限制住清朗的思考，以致所有的解決方案，都在框框裏打轉，對於問題的解決，就更顯得治絲益棼。

而這位被錄取的年輕人，他不但打破自己是小轎車擁有者的執著，願意交出汽車鑰匙，願意放棄對小轎車的主控權，用一種「成功不必在我」的思維，捨棄自己已擁有的優勢，使問題趨於簡單與清晰，沒有思維的陷阱，問題自然容易迎刃而解。

「捨得，捨得」，有捨才能有得。「捨不得，就得不得。」適時地捨去自己所擁有，可能會創造出更多的擁有。如果應徵者還是在緊抓鑰匙的思維裏，固執而緊守於自己的擁有，反而會變得一無所有。

人生有太多的抉擇，每個抉擇都在考驗一個人的智慧，執著是智慧的最大敵人，只有開闊心胸，放眼全局，跳脫成見，打破框框，放棄執著，才能獲得毫無包袱的全新思維。《金剛經》說：「應無所住而生其心」，不僅是禪者追求的境界，也是我們凡夫應不斷惕勵的修養吧！

快樂

無德禪師在院子裏鋤草，有三位信徒迎面走來，並對禪師施了禮說：「大家都說佛教能夠解除人生的痛苦，但是我們信佛那麼多年了，卻不覺得快樂，這是為什麼？」

無德禪師放下鋤頭，看著他們說：「想快樂並不難，但要先弄明白：人為什麼活著？」

三人中第一個人說：「人既然活了，總不能死吧！想到死，我就感到害怕。」另一個人說：「我拚命地工作，就是為了到年老的時候，能夠衣食無缺，子孫滿堂。」第三個人說：「我沒有那麼高的奢望，我必須活著，否則一家老小靠誰養活他們呢？」

聽了他們三人的陳述，無德禪師笑著說：「怪不得你們那麼不快樂。你們想到的只是死亡、年老、不得不工作，而不是理想、信念和責任。人生沒有理想、信念和責任，生活當然很恐懼，很疲累，很無奈，很不快樂。」信徒不以為然地說：「理想、信念和責任，說說倒很容易，但總不能當飯吃吧！」

無德禪師說：「那你們說說看，有了什麼才能快樂？」

「有了名譽，就有一切，就能快樂。」第一個人說。第二個人說：「有了愛情，才有快樂。」「有了金錢，就能快樂。」第三個人另有不同看法。無德禪師仍然微笑地問：「那麼為什麼有人有了名譽，卻很煩惱？有了愛情，卻很痛苦？有了財富，卻很憂慮？」

三人一時無言。

無德禪師說：「理想、信念、責任並不是空洞的，而是體現在人們時時刻刻的生活中，你們必須改變生活的觀念與態度，生活本身才能有所變化。」無德禪師又說：「名譽要服務於大眾，才有快樂；愛情要奉獻於他人，才有意義；財富要布施於窮人，才有價值。能以這樣的觀念與態度過生活，才是真正快樂的生活。」

這則故事無非在告訴我們：快樂與不快樂總在一念之間，心中一念是正向的，生活就變得陽光；心中一念是負面的，生活就變得灰暗。

可惜世界上還是有許多的人用一種負面的生活態度過活。看每個人、每件事都不順眼，所以即使有再大的名譽，再真誠的愛情，再多的財富，都只能使他更狂妄、更煩惱，哪有快樂可言。

記得有一位法國詩人曾這樣寫道：

人間的一切充滿了苦與樂

在戰爭裏能找到柔情
在婚姻裏也存在著不安

其實說穿了：善與惡，好與壞，敵與友，苦與樂，光明與黑暗，都在自己心中的一念而已。

人生所求無他，境界而已！

「人生一世，何為何求？」這是每一個人都想知道的疑惑。

對於這樣的疑惑，每個人的答案各有不同。有人說：「人生苦短，及時行樂吧！」有人說：「漫漫人生，知足常樂，平安就是福。」也有人說：「人生難得，築夢踏實，展翅追逐自己的夢想吧！」更有人認為：「人生是無奈的偶然，能過一天，且算一天，今朝有酒今朝醉，管他明天是風是雨。」

答案可以千奇百怪，心態可以萬般不同，悲觀的也好，樂觀的也罷；積極的也好，消極的也罷；頹廢的也好，上進的也罷。都是一個念頭，一種態度而已。

俗話說：「一樣米養百樣人。」人間百態，有人追逐財富，有人追逐權力；有人追逐享樂，有人追逐隱逸；有人追逐利他，有人追逐自利。到頭來，如夢幻泡影，如露亦如電，終究還是回歸空無。名與利，權與勢，貧與富，貴與賤，既像水中月，又像鏡中花，緣起緣滅，何有何無？誠如元代張養浩《山坡羊．驪山懷古》所說的：

驪山四顧，阿房一炬，當時奢侈今何處？
只見草蕭疏，水縈紆，至今遺恨迷煙樹。
列國周齊秦漢楚，
贏，都變做了土；輸，都變做了土。

朝代興替，物換星移，哪有一物能永住不朽，哪有一個朝代能常盛不衰？當年驪山車水馬龍，阿房宮奢侈浮華，後宮佳麗三千，君王號令天下，但項羽一把火，一切灰飛煙滅了。周又何在？齊又何在？秦又何在？漢又何在？誰贏誰輸？誰興誰衰？

再看張養浩的《山坡羊．潼關懷古》：

峰巒如聚，波濤如怒，山河表裏潼關路。
望西都，意躊躇，傷心秦漢經行處，宮闕萬間都做了土。
興，百姓苦；亡，百姓苦。

人類的歷史長河，平民百姓永遠是政治野心家擺布的棋子，不論是太平盛世的萬民臣服，或是戰亂頻仍的殺戮處處，權貴總是作威作福，百姓總是受難受苦。

政客的追逐權力，社會的動盪不安，百姓嘗盡了苦楚。但仍然有不少人執迷不悟，絡繹於宦海浮沈的險境，打滾於爭名奪利的場中，結果呢？正如張養浩所說的：

天津橋上，憑欄遙望，春陵王氣都凋喪。樹蒼蒼，水茫茫，雲臺不見中興將，千古轉頭歸滅亡。功，也不久長！名，也不久長！

功名與利祿，金錢與權勢，朝代興衰，政權更替，轉頭終歸於空無。功，也不久長；名，也不久長；千年一瞬，一瞬千年，都將化成歷史灰燼，隨風飄逝。

歷史的興衰，人生的順逆，自然容易觸景生情，引發文人的懷古慨嘆，但我們也不必隨著文人的多愁善感起舞，也無須跟著他們的情思唉聲嘆氣。世間還是有美麗動人的一面，人生還是有值得期待的地方，只要敞開心胸，空掉執著，生命依然是含苞待放的花蕊，隨時都會綻放芳香與美麗。

因此人生不能沒有期待，也不能沒有追求。如果有人問人生何為何求？我會回答：「人生所求所為，意境而已。」

意境是一個極為抽象的名詞，但又是一個非常具象的存在。那是生命的境界與生活的品味，心靈的昇華與處世的哲學；是一種思想的沈澱與念頭的解放。

科技奇才賈伯斯的臨終遺言，帶有諸多的反思與懺悔。他說：「無休止的追逐財富，只會讓人變得貪婪和無趣，變成一個變態的怪物……正如我一樣。」

又說：「上帝造人時，給人以豐富的感官，是為了讓我們去感受祂預設在所有人心底的愛，而不是財富的虛幻。」

正因為他有太多的財富，才能看清財富的虛幻。於是他更進一步地說：「我生前贏得的所有財富，我都無法帶走，能帶走的，只有記憶中沈澱下來的純真的感動，以及與物質無關的愛和情感。它們的存在是無法被否認，也不會自己消失，它們才是人生的真正財富。」

他終於覺悟了，他的覺悟是經過一番痛徹心扉的反思，他體悟到人生應該追逐的境界是：「現在我明白了，人的一生只要有夠用的財富，就該去追求其他與財富無關的，但應該是更重要的東西，也許是感情，也許是藝術，也許是一個兒時的夢想。」

古人說：「人之將死，其言也善。」人在臨終時，靈光乍現了，才能看透人生的真相，體悟人生應有追逐的境界。生命的豐厚不在於物質財富的有無或官位權位的高低。生命的花朵是否芳香與美麗，在於意境的有無與境界的高低。

人生如戲，又如一篇自為自寫的文學傳奇，王國維在《人間詞話》提出了文學「境界」的隔與不隔。有隔就不是上等之作，不隔才能成為精品。

所謂「隔」就是不真，就是不能貼近真性情；所謂「不隔」就是心靈深處「純真的愛」的流露，是鮮明活潑，沁人心脾，感人肺腑的表達。

王國維把他文學的境界說，引用到人生的三種境界：

第一種境界是：「昨夜西風凋碧樹，獨上高樓，望盡天涯路。」那是一種孤寂與蒼涼的尋覓與抉擇，一種徬徨與不安的登高與望遠的境界。第二種境界是：「衣帶漸寬終不悔，為伊消得人憔悴。」那是一種鎖定志向，勇敢向前，一種無怨無悔，堅持逐夢的境界。第三種境界說：「眾裏尋他千百度，驀然回首，那人卻在，燈火闌珊處。」那是一種豁然通達的醒悟，一種人生謎團得解的喜悅境界。

不管你同意或不同意王國維人生三種境界的說法，但我仍然認為：「人生所求無他，境界而已！」至於人生境界的有無與高低，那就要看每一個人的修為與覺性了。

輯三

愛的足跡

再見「異域」

十八年了！人生有多少個十八年。十八年象徵著風華正茂；十八年也代表著漫漫歲月。「十八的姑娘一朵花」，那是一種從成長到成熟的喜悅；「王寶釧苦守寒窯十八年」，那是個寂寞難耐、艱苦難熬的泛黃跡痕。十八年前，我們很難想像十八年後的今天會是什麼樣子；正如現在的我們，很難想像十八年後會是什麼樣子一般。

很慶幸地，我們見證到了，不僅見證到了，也參與了一段既鮮明又模糊，從困頓到坦途的戰亂小轉折的歷史，那就是「慈濟泰北三年扶困計畫」。

所謂「緣起不滅」，慈濟「泰北三年扶困計畫」，雖說是從一九九五年開始實施到一九九八年結束，但事實上，早在該計畫實施之前一年就開始進行實地踏訪與籌畫了。

那是一九九四年的事，距今（二〇一二年）已有十八年了。十八年來，慈濟一直沒有離開過泰北，一直見證著泰北的枯榮與新生。慈濟當年為他們所建的新村，依然屹立；所輔導種植的茶園，依然翠綠；為育苗所暫時管理的農場，依然運作；所幫助的學生，已經成人成材；所陪伴的老兵，已經逐漸凋零；但所立的碑石依然在目，碑文依然清晰可讀。這不禁讓我們想起孟浩然的一首詩〈與諸子登峴首〉——

人事有代謝，往來成古今；
江山留勝跡，我輩復登臨。
水落魚梁淺，天寒夢澤深；

羊公碑尚在，讀罷淚沾襟。

孟浩然是誰？是唐代的大詩人。這位大詩人在一千三百多年前登上了位於現在湖北省襄陽縣南的峴山，看見了晉朝羊祜治理襄陽時普施德政，老百姓為了感念他的仁德，在峴山建碑永誌，凡來此登臨的人，看見了羊公碑，讀罷了碑文上的記載，無不感動流淚。詩人總是多愁善感，孟浩然看見了羊公碑，讀罷碑文，也感動得淚流滿面，引發了諸多的感觸，於是寫下這首傳誦千古之作。

確實，「人事有代謝，往來成古今」，但慈濟人所走過的足跡，依然留在千山萬壑間，我們有幸再度登臨，難免會有如同孟浩然一樣的感慨。

或許有人看過《異域》這本書，對泰北殘兵敗將，困守綿延深山的悲情，留下鮮明印象；也或許有人對當年「送炭到泰北」的新聞報導，還有些鮮活的記憶，當時都會對進退維谷的所謂「亞細亞的孤兒」給予無限的同情，對他們艱難處境，都曾一掬同情的眼淚。但漫漫歲月過去了，誰還復問那些老兵的存亡與狀況呢？

唐太宗說：「以銅為鏡，可以正衣冠；以史為鏡，可以知興替；以人為鏡，可以明得失。」這些孤憤的老兵，垂垂老矣，正在凋零；當年「亞細亞孤兒」所引起的震撼與反思，正在走入歷史；國共對抗的風浪也正趨風平浪靜。然而我們是否真的能夠以歷史為鏡？歷史這面鏡子真的能讓人知興替、明得失？事實證明：個人的愛恨情仇，即使面對歷史這面鏡子，也會像是霧裏看花，豈能看出歷史的興替與得失；看出事實的究竟與真相！

第二次世界大戰美國名將麥克．阿瑟，在國會演講時言：

「老兵不死，只是逐漸凋零。」凋零的是他們的身軀，不死的是他們的精神。只要不讓青史盡成灰，老兵的精神與其所象徵的意義，就會在歷史長河裏不斷迴盪。

這次重返泰北之行，心情既澎湃又惆悵，既期待又感傷。澎湃的是：青山綿延，孤憤處處，人世間的悲歡離合與愛恨情仇，不斷悲壯上演，也不斷落寞謝幕。困頓的歷史小浪花與順境的歷史大漣漪，匯聚成壯闊的史詩，這怎能不令人心情澎湃？惆悵的是：江山依舊，人事全非，當年把手話烽火的老兵與難民，被無情歲月浪潮一一淘盡了，他們當年的豪邁笑容與濃濃鄉音，只能空留回憶了！

期待與感傷的是：十八年前的幼苗茁壯了，歲月可以淘盡上一代，卻不能淹沒第二代、第三代，這就是「新陳代謝」的真正意涵。懷念第一代的悲壯，更期待樂見第二代、第三代的蛻變與展翅。當我們目睹泰北難民與老兵的後代，能破繭而出，再創自己的輝煌，心中既喜悅又感傷。

當時年僅四、五歲，「不識人間愁滋味」的稚氣女兒，現在已亭亭玉立大學畢業，成為社會菁英了。當年的玩伴，有的已走出山區，投入都市的人海；有的已成家立業，繼續在泰北那塊養活他們的土地上，勤耕反饋；有的已遠嫁美國，經營她的美國夢；有的則往來中國大陸與臺灣之間，從事商貿活動。上一代的恩恩怨怨，似乎沒有在他們的心中留下陰影；過去的煙硝戰火與漫天風雲，似乎已雲淡風輕了。

現在泰北山區在一片發展觀光聲中，有了全新的思維與全方位的發展。當年的「作戰指揮部」，現在變成民宿客棧了；當年滿山遍野的罌粟花海，現在已發展成觀光茶園了；泰國皇家基金會經營的花博農場，已大放異彩了；果園果實纍纍，鮮紅荔枝，讓人垂涎；碩大芒果，讓人嘴饞。

站在山崗眺望，層巒疊翠，江山是如此美好，泰北不復是當年劍拔弩張的泰北了；氣氛也不復是當年肅殺悲壯的氣氛了，武裝減少了，觀光客增加了，一片祥和正導引著泰北朝欣欣向榮的歷史轉折邁進。這是泰北之幸，也是十八年來慈濟泰北扶困計畫最想看到的結果。

不過世事無常，歷史難料，劫波歷盡的泰北，十八年後又會呈現出怎樣的面貌，無人能知，無人能曉。我們當然祝福他們能像童話故事的結尾一樣：「從此，過著幸福快樂的生活！」

迴盪在冷冽群山旱土中的暖意

去過貴州與甘肅很多次，沒有比這一次（編按：二〇一一年二月）更辛苦，也更幸福的了。

貴州與甘肅都是中國貧困省，它們的貧與困都源於自然條件的過與不及。貴州省到處都是從地拔起的石頭山，構成了「地無三里平」的特殊喀斯特地貌，對外地人來說，石山如筍，是秀麗怡人景致；但對當地農民來說，石山奪地，耕地貧瘠，卻令其溫飽堪虞。

至於甘肅省，除黃河兩岸略見綠意外，絕大多數土地都是黃沙滾滾，雨量極稀，乾與旱，枯與黃，形成了黃土高原另類景觀。儘管勤勞的農民仍然日出而作、日入而息，用一種永不放棄的毅力，耕耘著被搾盡擰乾的土地，換得的仍然是乾旱土地上唯一溼潤的汗水與淚水，年年歉收的無奈，日日盼雨的渴望，深深刻畫在他們飽受風霜、皺紋成網的臉上。

這次到貴州是緣於慈濟基金會援建羅甸縣平岩大愛移民新村的啟用。羅甸縣是貴州省的貧困縣，可以說是貧困省中的貧困縣，而平岩是少數民族紅苗（按苗族的服飾顏色劃分）群居的地方，又是貧困縣中的貧困村；其生活的艱難與物質的匱乏，是生活在城市裏的人所難以想像。

為了改善平岩村苗族鄉親的生活和居住環境，慈濟基金會與羅甸縣政府合作，實施了移民遷村計畫。由縣政府提供土地，慈濟捐資興建嶄新民房，讓受困石頭山上，住不能求安，吃不能求飽，寒不能求暖的苗族村民得以搬遷到山腳下。

現在新村建好了，可以許給平岩村的村民一個希望的未來了，身穿色彩繽紛傳統服飾的苗寨鄉親歡喜入厝了。就在冷冽的天氣中，大家相互擁抱，相互拉手拍肩，相互慶賀，彼此的距離拉近了，大家的熱血沸騰了。八十四戶人家新居落成，家家大紅燈籠高高掛，戶戶結綵爆竹響，村民的興奮之情用歌舞表達了，苗族的傳統文化在儀式中盡歡了，人人喜形於色，個個笑逐顏開。村裏的老人說，活了這把歲數了，從來沒有像今天這麼的高興過。

他們一掃祖祖輩輩一直深埋在心中的無望陰霾，他們似乎乍見一道清晰的希望曙光，這道曙光是恢復過往苗寨榮光的希望。在新村啟用儀式上，天氣是冷的，人情是熱的，天寒地凍，確實增添行旅的困難，但一股股熾熱的情緒卻在新村裏久久迴盪。

儀式結束，我們挨家挨戶送上喬遷賀禮，致上最深情的祝賀之意，我們喜見有些村民因為有漂亮的新居而得以成家了；也樂見許多出外打工的年輕人，因為有了舒適的住房而倦鳥知返了。親友致贈的電視機、洗衣機與新款的家具一應俱全，把家裏妝點得喜氣洋洋，這不就是村民生活改善的新臺階嗎？這不就是平岩苗寨歷史的轉捩點嗎？過了三、五十年之後，再做一次歷史回眸，我們就會赫然發現這是多麼關鍵的時刻啊！

走出了溼冷的群山，我們又進入了乾冽的高原，甘肅的靖遠縣是這次我們千里迢迢要去的地方。甘肅省跟慈濟結緣可以追溯到一九九八年慈濟基金會的水窖抗旱工程計畫，當時我們在通渭縣和會寧縣興建了可以收集老天偶爾恩賜的雨水水窖，之後又把這項已見成效的水窖工程推廣到東鄉縣、廣河縣、永靖縣、靖遠縣，近兩萬口的水窖確實解決了乾旱鄉鎮民眾的飲水之急，但對於滴雨不降的地方，再多的水窖也難以發揮其功能，於是我們有了移民遷村的想法。

誠如證嚴法師所說的：與其讓老百姓從盼望、無望到絕望，倒不如用一勞永逸的方法，將他們從極旱的地方搬遷到水源可以到達之地，讓他們重新開始。於是，靖遠縣劉川鄉來窯慈濟大愛村的援建構想從此底定。

歷經了兩年多的規畫設計、發包興建，現在劉川鄉來窯兩百一十戶的慈濟大愛新村矗立在村民的面前了。長期和乾旱黃土搏鬥，卻少有收穫的若笠鄉兩百多戶居民，終於可以突破乾旱與荒蕪黃土的重重包圍，搬遷到黃河水提灌得到的來窯村了，這又是若笠鄉居民的歷史新起點。難怪他們要全村同慶，龍獅齊舞；縣政府也請來了秦腔劇團在新村廣場公演兩天。

對縣城裏的老百姓來說，觀看專業劇團的公演或許是稀鬆平常的事，但對於偏遠鄉村的農民來說，卻是頭一遭的新鮮事。所以在公演的第一天，我們目睹了村民的熱情捧場，攝氏零下二十度冰冷的低溫，絲毫不影響他們引頸觀賞的熱情。

在甘肅劉川來窯慈濟大愛新村做了一番巡禮與入住戶訪談後，心中有無數的感想與感動，黃土地上老農民的樂天安命與農村婦女的任勞知命，自然能夠觸動每一個人的心弦。而他們得來不易的笑容與苦難中淬鍊出來的自信，更能撼動人心。

在尚未遷村以前，他們始終愁眉苦臉，遷村以後，深鎖的雙眉打開了，苦盡甘來的滋味讓他們綻放出笑容了；雖然說受苦的人沒有悲觀的權利，但我們總認為受苦的人臉上的笑容是最燦爛也最動人的。這樣的笑容，我們在這裏看到了，所以我們感動。

在訪談中，我們又深深感受到，他們對於未來的前途充滿了自信，尤其對被絕望壓抑很久的村民來說，一夕之間把灰色的絕望，轉化成對未來充滿樂觀與自信，這應該是從大苦難中才能淬鍊出來的吧，所以我們感動。

北風冷冽如刀割，旅程遙遠顛簸，群山皚皚白雪，四顧草木枯黃，人畜在寒風中畏縮打顫。在這樣的天氣裏早出晚歸，翻山越嶺，辛苦誠然辛苦，但看到苦難村民得以從受幫助中綻放出可愛的笑容，我們心中自有一股暖流澎湃激盪，於是「安得廣廈千萬間，大庇天下寒士俱歡顏」的詩句在心中興起了，一個字一個字彼此迴盪著。

逐漸深埋的記憶

在書桌角落，偶然翻出一本歲末走訪貴州黔南布依族苗族自治州東南部三都水族自治縣的隨手筆記，其中幾首打油詩勾起了我逐漸深埋的記憶。

貴州黔南布依族苗族自治州，簡稱黔南州，顧名思義是以布依族與苗族為主的一個州。話雖如此，其實仍有不少其他「少數民族」雜居其間。

三都水族自治縣，就是黔南州裏一個特殊民族——水族的自治縣，也是全中國唯一的水族自治縣。該縣人口三十六萬餘人，水族占了百分之六十五，「萬綠叢中一點紅」，在黔南布依族苗族自治州中裏顯得相當突出。

水族是個古老的民族，有獨特的語言、文字、服飾和曆法。據當地耆老說：水族有「水書」萬卷，字體字形與古代象形文字類似，被譽為象形文字的「活化石」，至今仍然被民間廣泛使用。走在三都縣城街道兩旁，商店招牌與住宅門聯不乏掛貼著水族引以為豪的水書文字。

該縣的《旅遊指引》也這樣記載：「水書，是古代水族先民用類似甲骨文、金文紀錄下來的一種古老文字，水語稱為『泐睢』，是中國僅有的十七個有自己傳統文字的民族之一。它保存了大量的水族古代天文、曆法、氣象、民俗、宗教等知識，留下了不少遠古文明的信息，即使直至今日，『水曆』仍為民間所使用。『水曆』是水族以陰陽合曆為依據，融天干地支，陰陽五行於一體，衣食住行皆有擇吉，婚喪嫁造，自成禮俗，服族多青藍，崇拜多鬼神，祈福消災誦『水經』，成為一種水族獨特的珍貴文化遺產。」也正因為如此，「水書」於二〇〇六年被列為中國首批國家級非物質文化遺產名錄。

三都水族自治縣固然有其獨特的水族文化，但這並非我們此行考察的重點。我們此行的重點是在深入該縣偏鄉、窮鄉、山鄉進行詳實訪察，了解鄉民的實際生活情況，作為將來慈善賑濟的參考。

俗諺說：「天無三日晴，地無三里平，人無三兩銀。」是我們過去對貴州的刻板印象，其實今天的貴州已與往昔不可同日而語了。

在貴陽，我們看見一棟棟的華麗大樓從地拔起，客商人來人往，真可用「車如流水人如龍」來形容。但繁華的盡頭則是窮鄉偏鄉的起點，兩邊貧富差距仍然很大，就以我們走訪三都縣拉攬鄉小腦村為例，我們在山區村寨，小路陋巷，親眼所見，親耳所聞，感覺還跳脫不出那種所謂「三無」的印象。

看了那本信手捻來的走訪筆記，小腦村的景象一一浮現，而用以抒發感懷的數首打油詩，成了一把打開記憶庫藏的鑰匙，埋藏在記憶堆中的苗寨餘韻，再度迴盪。

山寨處處有人家，峰迴路轉似天涯；
世人不知身是客，憑欄落日看晚霞。

小腦村位於拉攬鄉的半山腰，住的不是三都縣的主流民族——水族，而是該縣的「少數民族」——苗族。相對於水族，苗族在三都縣就顯得弱勢得多了。「物以類聚，族以群分」，苗族在水族自治縣的縣城裏，既然無容身之地，只好聚居在縣城外的偏遠山區，小腦村就是苗族聚集的山村之一。

為了一窺小腦村苗寨村民的生活起居狀態，我們沿山蜿蜒而上，山間小徑，不知經過幾次轉折，時節正逢深秋，沿途秋黃處處，但綠葉紅花猶然點綴其間。車行緩慢，環山而上，峰迴時，山澗溪水，清澈鑑人；路轉時，秋雲掠過藍天。沿途景物變化，氣象萬千，有時似覺「坐看雲起時」，有時深感「雲深不知處」，有時「但聞人聲響，不見有人來」。小腦苗寨村獨處青山綠水間，霧聚霧散，山巒疊翠，彷如世外桃源。我們一路走來，長路漫漫，看似咫尺，卻是天涯。

苗寨村裏靜無波，潺潺阡陌細水流；
純樸人情無薄厚，語言距離是鴻溝。

在這個少數苗族群聚的小村落，老弱婦孺，溫和友善，原本平靜無波的村落，忽然來了數位陌生訪客，難免引來了些許騷動。就如同我們即使小心翼翼地涉溪而過，潺潺水聲也會突然變得急促許多。

居住在這裏的苗族，依然保存苗寨的純樸本色。我們向他們微笑問好，他們也報以微笑回應，對外來的訪客似乎沒有絲毫戒心，我們可以和他們無所不談，可惜語言是巨大的鴻溝，成為彼此溝通的障礙。

小寨亂中亦有章，沒有豪宅有勤儉；
寨上壯年鮮少見，照顧稚童盡老年。

小腦村的建築布局，亂中有序，羊腸小巷，通達戶戶。木構房屋，取材當地，房內家當，一目了然，兩、三張板凳，一小堆柴火，平時煮飯，寒冬取暖，大家均貧，人人簡樸，沒有比較，沒有計較，倒也顯得和諧安詳。

山上生活不易，為了養家活口，青壯男人都出外打工，留下的不是老弱病人，就是婦女稚小。稚子的照顧，盡落在老弱婦人的身上，於是「留守兒童」的教育，就成了山區苗寨亟待解決的最大問題。

外出打工青壯年，難得幾回歸家鄉；
家中老人倚門望，苦盼音訊慰心田。

走訪了幾戶老人家，他們都無奈地訴說著對在外打工兒孫們的思念，而外出打工的兒女，想必也時刻掛念著家中年邁父母與妻兒的情況，但為了家計，他們只好默默地忍受著濃濃的思鄉之苦了。

路邊偶遇一位難得回家一趟的中年男子，交談之餘，才知道他剛打工回來。他不是回來長住，而是回來短暫探望家人。他說：「在外打工真苦啊！沒念幾年書，只能靠勞力賺錢，錢雖然不多，總比坐困山區要好！」過幾天他又要出門了，年邁父母與妻子又要倚門苦盼音訊了。

寨小人稀皆小巷，巷中有巷盡蜿蜒；
寨婦刺繡手中線，鬢皤髮絲綉愁顏。

小腦村的村寨並不大，由於青壯年都外出打工，村寨顯得冷清，小巷依地勢蜿蜒，不少陋巷中又岔出小巷，巷裏年邁老婦，灰髮銀絲取代了烏亮秀髮，而手上的刺繡針線，依舊老樣，她們一針一線繡出深具苗族特色的服飾，也繡出日月侵蝕的滿臉皺紋與愁顏。

小腦小學小腦村，學童稚語又純真；
見人笑向牆邊躲，偷窺來客是何人。

苗寨雖小，但仍有個小腦小學。小學校舍算不上破舊，教室寥寥可數，學生雖然天真活潑，相互嬉戲爭吵，但見陌生來客，立即顯得拘謹靦腆，本想跟他們閒話幾句，他們卻迅速跑開。跑開並不是因為害怕，而是面對陌生人的不自在。其實，他們跑開並不跑遠，偷偷地躲在牆邊，頻頻探頭，用好奇的眼神偷窺我們這些不請自來的不速之客。

小學只到四年級，五六年級往外移；

學生一百又有一，老師六人無多餘。

「再窮不能窮教育，再苦不能苦孩子。」標語醒目地貼在小腦小學的牆壁上，但遺憾的是，在這裏「窮，還是窮了教育；苦，還是苦了孩子」，窮鄉僻壤的孩子依然得不到良好到位的正規教育，小腦小學的學生只能念到四年級，五、六年級的學生必須挪到山下較大的學校繼續受完小學教育。無疑地，這對孩子來說是件苦差事，每週一次長途徒步往返於學校之間，大人不捨，孩子也喊苦。這是不是窮教育，是不是苦孩子，大家心裏有數。

小腦小學一到四年級，學生只有一百零一人，老師只有六位。老師都不是自願到山區來的，沒有任何教育熱情，他們都在苦撐，苦盼任期屆滿，能夠儘速離開山區。當地家長說：小腦小學的學生愈來愈少了，教育的質量也愈來愈差了，或許再過幾年，就會走入歷史。

再窮不能窮教育，口號喊響校園裏；
軟硬質量均不齊，夢想猶停在天際。

這是我走訪小腦小學的最後結語。窮鄉苗區，寨小人稀，家窮校窮；師苦生苦，軟硬設施都不齊全，老師素質差，教學熱情少，如何能把教育辦好？教育辦不好，孩子的知識得不到，是否又要步上父叔輩的後塵，只能靠勞力，打零工過一生？果真如此，那是否又是另一種困境循環的開始？教育是打造孩子未來希望的基礎工程，如何幫助村寨孩子擺脫教育的困境，為他們開創有希望的未來，恐怕是當下的救援急務吧！

石頭山下的百萬富翁

貴州山多，大家都知道，否則為什麼會有「地無三里平」的俗諺呢？貴州人窮，大家也都知道，否則為什麼會有「人無三兩銀」的說法？

因為「地無三里平」，所以高山錯落，耕地在群山腳下匍匐，農業受限於土地，難以發展；道路在群山環抱中彎腰，聯外交通困難，工商受到局限，經濟難以成長，這是貴州歷來稱窮的原因。

千百年來，貴州與貧窮一直牽扯在一起，貧窮似乎成了貴州的宿命。既然是宿命，貴州在世人的心目中似乎就應該永遠的貧窮。但是天下萬事萬物哪會有一成不變的。其實「人生無常，世事難料」，滄海都可以成為桑田，枯木都還能夠逢春，誰敢說向來貧窮的貴州，就注定永遠貧窮，永遠沒有轉貧為富的一天？

當年，慈濟基金會決定前往貴州進行扶貧遷村計畫時，基金會創辦人證嚴法師就曾說過：「歷史向來貧窮的地方，誰說一定永遠注定貧窮。只要我們能助他們一臂之力，給他們有足夠的脫貧條件與機會，待因緣成熟了，條件具足了，轉貧為富不是不可能的。」

法師的開示言猶在耳，而貴州麻山地區老百姓的生活面貌已發生了很大的變化了，以我們走訪過的羅甸縣董架鄉抹尖慈濟新村為例，從麻山頂上搬遷下來的鄉親，不僅完全脫貧，奔向了小康，百萬富翁也已經有好幾戶了。所謂「歷史的宿命」，在如是因，如是緣，如是果的鋪排下，重新被改寫了。

慈濟在貴州執行扶貧遷村計畫，屈指算來已有十一年了（編按：二〇〇〇年啟動）。十一年來，慈濟在羅甸援建了九個新村，董架鄉抹尖慈濟新村是其中的一個，幫助的對象鎖定居住在山高坡陡，交通不便，土地貧瘠，人均耕地僅有零點五、六畝，年收入不到人民幣五百元，吃飯靠救濟，不通水，不通電的石頭山上貧困的老百姓。他們居住的地方是典型不適合人居的地方。雖然不適合人居，但仍然住了三十二戶人家，而且他們都已住了祖祖輩輩了。由於山高土瘠，他們代代相傳的，當然是一個窮字，貧窮就變成了「歷史」，困守就變成了「宿命」。

經驗告訴我們：歷史如流水，每一個剎那，都可以是一個轉折；宿命，只是一種假象，給予機會就可以被轉動。麻山上的窮，不是歷史的定見，也不是命運的定論，只要給他們一個機會去轉折，給他們一個動能去驅策，所謂的「宿命」假象就可以破解；所謂的「歷史的定見」就可以被轉向。

現在，事實證明，慈濟的努力功不唐捐，抹尖慈濟移民新村三十二戶人家自二〇〇一年遷居到此後，鄉親們的生活已發生天翻地覆的變化。如果我們讓數字說話：二〇〇〇年他們在山上的人均純收入只有人民幣五百元；現在，他們耕種的人均純收入就已接近人民幣五千元，幾乎翻了十倍。

過去，他們居住在山上想要擁有任何一種家用電器，簡直就是奢望；現在，新村裏，家家戶戶不僅有電視機、電冰箱、洗衣機，甚至摩托車、小貨車、電話機、手機等都相當普遍。尤其自從他們遷居新村之後，交通方便了，發展的機會變多了，見識增廣了，人際交往頻繁了，更多的打工機會，更好的創業環境，讓他們有更多的收入，可以實現更具前瞻性的理想，打造更充滿自信的未來。

村民蔣本榮現在已經是抹尖慈濟新村百萬富翁之一了，不僅在縣城購買了新房，也開起了百貨商店，還購買了卡車，一方面方便自家來往縣城之間，一方面以收取酬勞的方式幫助村民運送日常用品，接送孩子上下學。蔣本榮談到自己人生的轉折，始終念念不忘感謝慈濟。他說：「如果沒有慈濟的協助，我們根本就沒有翻身的機會，如果我們現在還住在麻山上，肯定還是代代相傳一個『窮』字。」

現在，他的農業收入大幅提升了，農閒之餘還承包了小工程，收入頗豐。太太開了雜貨店，店面雖小，利潤相當可觀，兒子在縣城買了新房子，開了百貨商店。據村民指出：蔣本榮的兒子生意做得火紅，除了百貨商店外，還從事汽車出租行業，生意蒸蒸日上，據說他旗下的出租汽車就有十餘輛。

問蔣本榮，一年能有多少收入？他微笑地說：「不多，不多，大概十多萬，還可以啦！」問他，除了他之外，村裏還有百萬富翁嗎？「有！」他指著隔壁再隔壁的那幾戶說：「像蔡登學啦！蔣忠偉啦！他們都是啊！」

在偏遠的麻山地區，想脫貧談何容易，脫貧了，又能成為百萬富翁，更是天方夜譚。但抹尖慈濟新村的鄉親辦到了，不僅抹尖慈濟新村的鄉親辦到，其他八個慈濟援建的移民新村也有不少人辦到了，這就印證了歷史的可扭轉性與命運的可改造性。

歷史是人類自己寫的，命運是個人自己創造的。只要肯努力，只要有決心，只要敢於向所謂的宿命挑戰，抓住了別人給予的一點助緣與機會，歷史就可以被改寫，命運就可以大不同。

其實慈濟給予貴州山區老百姓的最大協助，不是在於移民遷村的規畫與興建，也不是在於物質的幫助與給予，慈濟給他們的最大禮物與最可靠的協助，是一個可以改變命運的機會和一個可以改寫歷史的助力。證嚴法師說：「生命有無限的潛能，人生有無限的可能。」貴州慈濟移民遷村的成功案例，不就是這句話最好的詮釋嗎？

貴人原來是自己

提起貴州，總有聊不完的話題。

從「黔驢技窮」，聊到「夜郎自大」；從「地無三里平」，聊到「人無三兩銀」；從「月點燈」，聊到「風掃地」；從「少數民族」，聊到「黃帝大戰蚩尤」；從現實的貧窮，聊到歷史的傳奇；從喀斯特的地質與地貌，聊到偏鄉的生活與民情。

閒話中有不少的慨嘆，笑談裏有不少的唏噓。但大家都有一致的看法，那就是：山裏山外，生命的質量可以不一樣，人生的命運可以大不同，但生命的價值與人性的尊嚴都應該是一樣。

記得二〇〇〇年第一次到貴州省羅甸縣羅沙鄉水淹塘村，已是十一、二年前的事了，雖然事隔已久，物換星移，但當時與村民對話的景象，仍然歷歷在目。

水淹塘，是個很具象的地名，顧名思義，那是個經常被水淹沒的地方。可是當我們在地方官員的引領下，朝著石頭山往上爬登，我開始懷疑，石頭山上的小村落，怎麼可能經常被雨水淹沒？上山之路確實陡峭難行，岩石尖削刺腳，我也開始不解，怎麼會有人捨平地而居高山？

一個多小時的登爬，翻過一個山頭、又一個山頭，終於來到水淹塘村。當我正慶幸能夠稍事揮汗喘息，才驀然發現，這是一個被喀斯特大山重重阻隔的小村組。村落很小，只有十三戶人家，全部都是布依族。

貴州的山既瘦且秀，宛若從地拔起，又如雨後春筍，千仞向天。對外地遊客來說，入目的盡是群山競秀，峰巒疊翠，喀斯特山岩與林木相間，奇峰異石，獨特出群，讓人驚訝於天地造物之奇與自然蘊化之怪。但對於世代居住於群山峻嶺之間的人來說，這些連綿山峰，像是結隊巨人，扼住了隘口，擋住了出路，讓他們祖祖輩輩困守山巔壑谷。貴州的山，在遊客的眼中是奇秀，在居民的眼裏成障礙。

其實，山仍然是山，百千億年來，儘管風雨飄搖，地動景移，但依然屹立聳峙，何曾有礙人之心？是人們或為避禍、或為隱逸、或為墾地、或為據守，或有心挺進、或無心闖入，到如今他們進退失據，叫地無應，非山困人，是人擾山，何怨峻山無情，何瞋群峰無義？

水淹塘村說它小並不為過，全村組耕地面積只有七十三畝，其中可以稱作「田」的，只有二十五畝，其他四十八畝，他們統稱為「土」。土的意思就是貧瘠之地，不宜農作。村組裏的十三戶人家，就靠著這僅有的二十五畝耕地，日出而作，日入而息，溫飽飢寒，全賴於天。

對住煩城市的人來說，或許你會羨慕他們這種蒼翠環抱、遺世獨立的山居歲月。但世代居住這裏的人，卻嘆怨上蒼將他們放逐窮山絕境。寒冬挨凍，炎夏日曝，土瘠田少，看天吃飯，成為他們的宿命。

羅甸縣主管民政的領導帶我們一一做了家訪，戶戶一窮二白，當是意料中事，但令我驚訝的是，這個僅有十三戶人家的小村組，竟有十六個弱智者。好奇心讓我不禁直問為什麼？

其實這個問題，不應毫無避諱地直問村民。既然問了，他們給我的答案，竟也令我啼笑皆非，搖頭嘆息。

「我們這個村組受到詛咒了。」村民答說，然後遙指對面的山頭說：「看，那像不像一個骷髏頭，我們祖祖輩輩就是受到這個骷髏頭的詛咒，世世代代不得翻身。」他一臉無奈表情，我們看了也心疼。

我緊握他的手說：「它不是詛咒，它是提醒。它提醒你們不要近親結婚。」山區的老百姓不懂什麼遺傳學，什麼優生學，他們受困山區，幾乎與外界隔絕，近親結婚，成為難以避免的惡。這就是為什麼十三戶人家，總共不到五十個人的村組，就有十六個癡呆傻，幾乎每三個人就有一個弱智者的原因了。

破除當地老百姓所謂「詛咒」的妙方法寶，就是移民遷村。為了不讓水淹塘小村組的老百姓，一代又一代遭受著貧病相因的輪迴，慈濟基金會決定為他們移民遷村。新村的地點就在距離鄉政府約五百公尺處，鄰近一〇一省道旁的平橋灣。

十一年過去了，十三戶四十八人的生活全面改觀了，經濟條件明顯改善了，現代化家庭電器用品戶戶普及，也已稀鬆平常了。然而最讓我們感到興奮的是：他們的思想觀念已發生了巨大變化了，他們不再自怨自艾，也不再認為自己是被上天放逐的一群，更不再認為他們過去的苦厄是受到詛咒的結果。

現在，他們和外面的人接觸多了，電視的普及，給他們帶來先進的思想與正確的資訊，客觀視野的開闊寬廣與人際互動的頻繁助緣，帶動了他們主觀思想的調整與普羅知識的充實。他們深知慈濟基金會已為他們打開了通往人生坦途的大門，接下來闊步邁向幸福大道，就完全要靠自己了。而十一年來，他們確也能夠一掃心中陰霾，用朝氣與努力，打造充滿希望的未來。

住在慈濟為他們興建的移民新村裏，他們常說的一句話是：「感謝慈濟。」總認為慈濟是扭轉他們命運的貴人。其實，在我們看來，真正改變他們命運的是自己，慈濟只不過是為他們打開一扇機會大門，為他們鋪排一條希望大道，為他們在迷惘無助時，指出一條可渡迷津而已。

如果他們真有貴人相助的話，那麼真正的貴人還是他們自己。十一年來，慈濟人的陪伴與鼓勵，總算功不唐捐。我們真誠祝福他們，也為他們能夠一改以往的頹喪，敢於用燦爛笑容迎向陽光而感到高興。

走在黃土高坡上

去一趟黃土高原，就忘不了黃土高原。

說也奇怪，黃土高原看起來就像一片荒漠，一眼望去，灰黃黃的，既光禿又單調，既貧瘠又蒼涼，究竟為什麼也會讓人魂牽夢縈？

是那裏的土地？是那裏的人情？是那裏的景物？還是那裏老百姓的純樸與堅毅，勤勞與誠摯？沒錯！那裏的土，是那樣既深且厚；那裏的人，是那樣既憨且誠；那裏的景物，是那樣既袒且敞開。只有到過黃土高原的人，才能感受到原來大自然竟然可以和人如此地貼近；人與人之間也可以像大自然一樣全然地敞開。也只有在那裏，我們才能發現原來人只是大自然中極為卑微的一部分，人終究還須依附在大自然的懷抱裏生存；所謂「人定勝天」只不過是科學的狂言與文明的囈語。人唯有到了黃土高原，才能在大自然面前低頭。

打開電腦，來自甘肅省靖遠縣的一則短訊，再度喚起我對黃土高原的記憶。第一次踏上黃土高原，那是十四年前（一九九八年）的事了。十四個年頭，五千多個日子，黃土高原的景象已隨時間的流逝，愈拋愈遠了。回首來時路，那些枝微末節的瑣事已漸塵封，但編織那些記憶跡痕的重要經緯，仍然歷歷在目，彷彿昨日。

那則撩起無盡思緒的來信，是發自靖遠縣慈濟項目辦公室的成員張國彪。這個辦公室是靖遠縣政府為落實慈濟在該縣的抗旱工程而設置的。辦公室的成員雖然來自不同部門，但工作起來默契十足，在項目辦公室主任王益的調和鼎鼐下，工作確實做得有聲有色。張國彪的來信寫道：

「如今劉川來窯慈濟移民新村村民已過上安居樂業的生活，以嶄新的姿態走向了田間，走向新的開端。在明媚的季節裏，太陽的臉紅起來了，來窯慈濟新村村民的笑容更燦爛了，走起路來，腰板也挺直了，速度也加快了，衣服整潔了，無法掩飾他們心中那分喜悅之情。他們相互談論著對慈濟人的感恩之情，慈濟人讓他們的生活徹底翻身了。他們說，從來沒有想到，會有今天的好日子。」

劉川來窯慈濟新村，是慈濟為靖遠縣極為乾旱的若笠等貧困鄉辦理移民遷村所規畫與援建的。全村兩百多戶，坐落在黃河水可以提灌到的來窯村，這裏對外交通便利，有高速公路可通往白銀市，難怪若笠鄉民移居劉川來窯慈濟新村後，生活面貌煥然一新，就是走起路來也顯得輕快與充滿自信。

張國彪又提及：「在若笠，村民靠天吃飯，老天不下雨，就顆粒無收。而在劉川來窯，黃河之水，果似天上來一樣，滋養哺育了大地，他們從傳統農業轉變為現代農業，由粗放經營，轉變為集約經營，極大地解放了勞動力，提高了生產量。」我能深刻理解張國彪寫這段話時的心情，對於貧困的農民來說，最讓他們有感的，莫如春耕夏耘，秋收冬藏，麥黍纍纍，收穫盈筐了。盈筐的收穫就是一家溫飽的保證，溫飽解決了，貧窮的問題才能一一解套。

溫飽解決了，思想也要敞開了。張國彪說：「如今資訊快捷了，交通方便了，思想也解放了。村民敢於走出去闖一闖、拚一拚，看看外面的世界了。」沒有錯，幫助貧困地區老百姓，不應僅止於賑濟糧食，更要幫助他們建立新思維，培養新自信，讓他們敢於走出窮域，脫離貧困。

村民吳傑珍說：「我們搬到這裏，覺得渾身有使不完的勁，心中有好多的打算。我今年種的洋蔥賣了，要給父母買幾套好衣服，冬天拉一車的煤，讓他們冬天不受凍，也要供孩子好好念書考大學，將來要學慈濟人去幫助別人。」黃土高原的子民，語言是質樸的，情感是純淨的，只要不受凍挨餓，他們就心滿意足；只要孩子能受教育讀大學，他們就額手稱慶。

村子裏變化最大的要算張淑琴家了。張國彪說：「她的母親原來對生活不存一絲希望。現在，他們全家開始有了嶄新的生活了，屋裏屋外收拾得格外乾淨，原來愁眉緊鎖的她，如今笑逐顏開，像換了個人似的。房子裏添了新家具、新電視，門窗掛上了新窗簾。她兒子在外打工，還領了個外地媳婦，今年結婚了。」最後，他說：「我深深地領悟到環境能改變一個人，也能造就一個人，慈濟的力量是無窮的，愛心在這裏播種，在這裏生根發芽，愛心從這裏傳播開來……。」

這就是為什麼我說去了一趟黃土高原，就忘記不了黃土高原的原因。在這裏，老百姓的心是敞開的；在這裏，老百姓懂得敬天畏地；在這裏，老百姓懂得謙卑與感恩；在這裏，老百姓懂得什麼是真愛與情義。

「面向黃土背朝天」，黃土高原上的農民，他們的雙手是粗厚的，但他們的心地是細緻的；他們的皮膚是黝黑的，但他們的情感是潔淨的；他們臉上的皺紋看起來有如千溝萬壑，但笑起來卻像一朵菊花；因為他們心胸坦蕩，情感豪邁，敢於高歌，敢於狂舞，敢於抒發內心深處的情感。

深厚黃土的積累，悠遠歷史的沈澱，塑造了黃土高原子民豪邁、敦厚、純樸與堅韌的個性，讓我們一接觸，就像暢飲了一杯甘醇的好茶，淡淡的茶香一直在腦海縈繞，濃濃的甘甜，不斷在心中迴盪。此時我的腦海中，又依稀出現了當年慈濟項目辦公室成員齊聚黃土高坡上，豪情萬丈，高歌一曲的景象。直到現在，我仍然為他們雄壯渾厚的歌聲傾倒！

放歌黃土高坡上

顧秉柏，我們都叫他「小顧」。

其實小顧的年齡，說起來不算小，身體也夠魁梧高大，是黃土高坡上的一條漢子，只是與他的年齡相較而言，確實比我小得多，而他工作起來的幹勁也確實像年輕小伙子一樣拚勁十足，所以我總是叫他「小顧」。

小顧是甘肅省靖遠縣「慈濟項目辦公室」的成員之一。「慈濟項目辦公室」是臺灣慈濟慈善事業基金會在黃土高坡上，從事抗旱水窖工程與移民遷村工程等扶貧濟困計畫而成立的，那是已將近十年前的事了。

二〇〇六年我第一次到訪靖遠縣作實地考察，並針對二〇〇六年水窖工程在靖遠縣落實的可行性進行了評估。因為有了第一次的實地踏勘與評估，才牽起了慈濟基金會與靖遠縣良善互動的因緣，也因為慈濟在甘肅省各縣市進行的各項抗旱工程，得到了甘肅省與縣市領導的重視與支持的因緣，慈濟基金會的大愛雨露，才能夠點滴滋潤著乾渴的黃土高地，為黃土高坡的農民注入一股力量，給予一線生機，為他們燃起憧憬未來的希望。

說起甘肅水窖抗旱工程扶困計畫的因緣，應從一九九八年開始。那一年我與慈濟基金會數位慈濟人走進了急需幫助的乾旱地區，了解乾渴土地上農民的生活窘境，並決定了在通渭與會寧兩縣進行水窖集雨工程。往後的十六、七年，慈濟人的足跡踏遍了通渭縣、會寧縣、東鄉縣、永靖縣、廣河縣與靖遠縣等地。這期間與各縣市儘管互有往來，但與靖遠縣的合作確實較為頻繁與密切，只因為靖遠縣歷任領導們，把慈濟扶貧濟困的計畫認真看待。他們為了表達與慈濟合作的決心與真情，縣府決定成立「慈濟項目辦公室」，並調派專人組成團隊與慈濟基金會攜手進行長遠而有效的「為乾旱貧困地區農民解決問題與找尋出路」的使命與任務。

從二〇〇六年到現在（二〇一五年），慈濟在靖遠已將近十年了，「慈濟項目辦公室」為黃土高坡上需要協助的貧困農民確實解決了不少問題，做出了不少貢獻。除了在高灣、若笠、靖安、北灘、永新、雙龍、興隆等十多個鄉鎮挖掘修建了八千三百二十八口水窖，並在劉川興建了兩百一十戶慈濟新村，將極度乾旱不適人居的山區農民，搬遷到黃河之水能夠提灌到的劉川鄉來。於是劉川鄉來窯慈濟新村於二〇一一年一月落成啟用了，村內並配套了小型商店、醫療衛生所與一所小學，讓兩百一十戶一千零五十位居民得以脫離惡劣的生活環境，搬遷到新村來。

新村內有完善的整體規畫，寬闊縱橫有序的路面，供水、供電與配給耕作農地等配套，讓農民無憂無慮。他們從來沒有想到有這麼一天，能夠擺脫祖祖輩輩生活在貧瘠乾旱黃土高地上的夢魘，現在他們把夢魘翻轉成美夢，而且他們的美夢成真了，來窯慈濟新村以嶄新的面貌，為他們注入了新的生命，開啟了生活的新里程。新村內還致力於綠化工程，呈現一片綠意盎然的生機，讓到訪的人無不眼睛一亮，這都是「慈濟項目辦公室」所有成員的貢獻。

劉川來窯慈濟新村啟用後，來窯慈濟小學也於二〇一二年開學了。美觀的校舍，完善的教學設備，為新村的孩童帶來了受到良好教育的希望。

二〇一四年「慈濟項目辦公室」配合慈濟基金會在五合鄉啟

動了另一波移民遷村計畫，十餘位團隊成員又開始馬不停蹄地從事家訪、造冊、執行各項工程的規畫設計與工程質量的落實工作，可謂備極辛勞。所幸，「慈濟項目辦公室」在縣政府的鼎力支持與王益主任的領導下，所有慈濟基金會交付的要求與使命都能盡心盡力，如期完成，這是我們要向他們表達最高敬意與謝意的地方。

「小顧」從「慈濟項目辦公室」成立，就是專案的成員之一，他工作認真與無私贏得信賴，他慈懷柔腸與俠骨柔情的個性，讓投機小人畏懼，讓良善百姓愛戴。他和王益主任及其他團隊夥伴經常深入貧困山區，家訪，踏勘，拍照存證，無私地為需要幫助的貧困農戶造冊做彙報，並在方方面面進行溝通協調，一口口的抗旱水窖，就在他們汗如雨、塵滿面的辛勞下一一完成。這期間工作夥伴們在偏遠山區與農民同吃同住，同甘同苦，任勞任怨，從不叫苦，一心一意只為達成任務而努力，這是讓我最佩服的地方。

其實他們的工作不一定事事順利，一帆風順，工作難免遇到瓶頸，情緒難免有所起伏，溝通難免碰到挫折，意見難免會有歧見，但在項目辦公室王益主任的協調與領導下，都能用愛心與耐心化解，用毅力與勇氣克服。他們工作粗中有細，細中有粗，粗獷與精緻之間，要拿捏得恰到好處，實屬不易，但事後證明他們總有解決問題的慈悲與智慧。

小顧本來就喜歡寫作，也擅長寫作。透過他的參與和觀察，用他流暢的文字與悲憫的心境，將「慈濟項目辦公室」一路走來的我見、我聞、我思、我感，化為率直與真誠的見證與紀錄，述說出黃土高坡上發生過的艱辛歲月與悲喜，故事記錄農民如何在一夕之間翻轉命運的悲壯史詩與美夢成真奇緣的點點滴滴。

這些故事或奇緣，對整個大時代來說，或許只是生命之河中一個小波瀾，但對獲得翻轉命運的黃土高坡上的貧困農民來說，卻是個波濤壯闊的大改變，是一齣熱熱鬧鬧、充滿生機的大戲。不僅他們被鼓舞，被激勵了，他們的子子孫孫也會在這波綿密流淌，波濤壯闊的生命之河，順勢而下，奔向另一個嶄新美好的人生境界。

黃土高歌再度響起

我家住在黃土高坡，
大風從坡上刮過，
不管是西北風還是東南風，
都是我的歌，我的歌。

我家住在黃土高坡，
日頭從坡上走過，
照著我的窯洞晒著我的胳膊，
還有我的牛跟著我。

不管過去了多少歲月，
祖祖輩輩留下我，
留下我一望無際唱著歌，
還有身邊這條黃河。

我家住在黃土高坡，
四季風從坡上刮過，
不管是八百年還是一萬年，
都是我的歌……

〈黃土高坡〉的歌聲再度響起，高吭的歌聲，一如往昔，震撼人心；渾厚的音色，韻味依舊，撼人心弦，都能準確地詮釋黃土高原子民豪放的性格與他們和黃土地共枯榮的生活態度。

對一個經常往來於甘肅黃土高原的人來說，這樣的歌聲是再熟悉不過的了，這種熟悉感就像老朋友把手言歡，暢談離情一樣。只不過是這次的歌聲是在室內入耳，而上次的歌聲是從高坡傳來。

暮秋初冬的黃土高原顯得肅殺蒼涼，原來點綴黃土乾地的少數白楊旱柳也都綠葉落盡，留下修長樹幹與杈枒向天的枯枝，孤伶伶地在寒風中訴說著無依與無助，也似乎有意挺直腰板，堅苦卓絕地在凍原上忍受著嚴冬的磨難與淬鍊。

十二月初，甘肅高原上寒風凜冽，北風颯颯，飆風吹過壑谷，刮過山巔，勁颼樹梢，奔騰牆腳，呼嘯的風聲有時像濤波驚石，有時像燕雀呢喃；有時淒淒切切，有時鬼哭神號。儘管此情此景，冬色慘淡，寒氣凜冽，境意寂寥，但黃土高原的子民總把這樣的聲音當做大自然千管萬弦演奏出來的樂章，是祖祖輩輩與大自然合唱了千百年的歌。

踏著初冬的腳步而行，我們抵達甘肅靖遠縣之前幾天，黃土高原剛下過一場大雪。遠眺山頭，白雪皚皚，山溝稜線，銀妝素裹，草邊路旁，殘雪處處。攝氏零下六、七度的氣溫，對住慣高原的人來說，或許不算什麼，但對長住臺灣的我們，陣陣朔風，寒氣逼人，北風如針，砭人肌骨，讓我們不禁抖瑟頸縮。

車子疾駛在通往若笠鄉的山路上，黃土高坡一層層的梯田，井然有序地在山谷間鋪排開來，高原上的農民仍然不畏嚴冬，辛勤在田間勞作。向陽之地的白雪已化為冰雪，滋潤著大地，農民開心了，他們似乎看到明年的希望了，這正是所謂的「瑞雪兆豐年」啊！

《易經．繫辭》說：「安土敦乎仁，故能愛。」看見農民對乾旱劣地的不離不棄。這不正是「安土敦仁」的寫照嗎？因為他們樂天知命，隨遇而安，所以涵養了他們的宅心仁厚，這也就是他們能面對惡劣的生活環境而無怨無悔；面對旱土劣地而無憂無懼的原因了。

為了今年（二〇一三年）的冬令物資發放，慈濟志工走訪了偏遠地區農民的實際生活狀況，了解他們一窮二白，家徒四壁的困境，也知道他們貧病相因，土地劣化與人口老化的苦處。所幸今年山區雨水較充足，收成較豐，院內排疊整齊的纍纍玉米，顆顆碩大飽滿，黃澄澄地金色耀眼，難怪村民的臉上綻放著燦爛的笑容。

如果說黃土高原上的子民都有著「戀鄉情節」一點都不為過。所謂「戀鄉」就是不輕易離開家鄉，即使離開了家鄉，還會不時地回顧著家鄉，思念著家鄉。已經遷往來窯慈濟新村居住的胡貴清夫婦，就是戀鄉情節的鮮活典型。

這天胡貴清夫婦又回到自己的老家，胡貴清環顧著屋前屋後說：「真是特別有感情，這裏的一磚一瓦都是自己親手蓋起來的，雖然有點破舊，但那種親切歷久彌新。」

胡貴清的太太張福貴也指著慈濟援建的水窖說：「自己十二歲起就輟學，開始分擔媽媽挑水、放羊的工作，嫁到胡家，每天也得挑上三次的水，生活就在挑水、下田、煮飯中度日子。直到二〇〇七年，慈濟到若笠援建水窖，才擺脫每天忙著挑水的命運。」望著慈濟人，她臉上露出了感激之情。

此外，村幹部也告訴我們，黃土高原的年輕子弟不管外出打工，離家有多遠，過年過節一定回家團聚，這不僅是一分親情，也是一種濃得化不開的鄉情。

我們在中沙溝村訪視時，村民還爭相告訴我們一則傳誦不斷的故事。故事的主角是現任中國鐵道建築集團董事長趙廣發。趙廣發是中沙溝村人，中沙溝村的人無不以趙廣發為榮，這種以趙廣發自豪之情，不只是因為他有了傑出的成就，也因為他那種不忘故里、戀鄉愛鄉的美德。

趙廣發在外奮鬥有成，對故里鄉親的生活困境，仍然念茲在茲，他毅然慷慨解囊，捐資一百六十餘萬元人民幣，徹底解決了中沙溝村聯外道路的不便與乾淨飲水的困難。難怪中沙溝村民提起趙廣發的善行，會津津樂道。

今天中國農村的困境，不僅是貧窮的問題，更嚴重的是老化的問題。有雜誌報導：中國農村就像是現代棄老山，無數貧困農村幾乎每一戶都是「空巢老人」，子女都外出了，留下無依的留守老人與待哺稚童，讓整個偏區農村非老即幼，了無生機。

我們走訪的甘肅偏遠山區，這種現代棄老山到處可見。改變的方式就是移民遷村，唯有移民遷村，才能改變「空巢老人」的命運，也唯有人類撤出瘠土旱地，死寂的偏區，才得以休養生息，恢復往日的生機。

「我家住在黃土高坡，大風從坡上刮過，不管是西北風還是東南風，都是我的歌，我的歌……」歌聲遠颺了，但我們的思緒卻仍然迴盪翻滾，久久不能自已。

一次東西文化的慈悲共鳴

二〇一一年，在雙十節的前一天，也就是十月九日，我們在花蓮慈濟靜思堂，共同見證了一段不平凡的歷史與分享了一分殊勝的榮耀。

這一天，美國羅斯福基金會主席安娜．愛琳娜．羅斯福（Anna Eleanor Roosevelt），與該基金會執行長安德魯．理奇（Andrew Rich）與董事徐正群，特別從美國遠道而來，頒發羅斯福基金會「傑出公共服務獎」給證嚴法師，表達了該基金會對證嚴法師為人類社會所作的傑出貢獻。

羅斯福基金會是為紀念美國總統羅斯福（Franklin Delano Roosevelt）所成立的基金會。眾所周知，羅斯福總統是美國歷任總統中最偉大的總統之一，也是二十世紀，世界最傑出的政治領袖之一。他不僅在經濟大蕭條的困頓年代，帶領美國走出經濟的谷底與陰霾；更在第二次世界大戰，領導盟軍堅苦卓絕地贏得勝利，讓人類的正義得以伸張，讓世界的和平得以重獲，讓國際的秩序得以重建。

尤其他所揭櫫的四大自由：言論自由、信仰自由、免於匱乏的自由，以及免於恐懼的自由，更是世紀性振聾發聵的昭告，迄今我們仍然信守不渝，奉為衡量基本人權有無的圭臬。

為了承續羅斯福總統的理念與遺志，羅斯福基金會對於志同道合，且能為人類社會作出巨大服務與貢獻的人，都會給予頒獎鼓勵，這是善的激勵與典範的形塑，意義非常重大。最難能可貴的是：這次是羅斯福基金會到海外將「傑出公共服務獎」頒給美國境外人士的第一次，證嚴法師是美國境外人士獲得該獎項的第一人，因緣之殊勝可想而知。

據了解，羅斯福基金會要在諸多被推薦的傑出候選人當中，評選出一位最佳的獲獎人，誠屬不易。況且，歷屆「傑出公共服務獎」的得主，均為美國境內熱心公益人士，這次卻不同於往常而獎落境外，如果沒有充分的理由與具體的事證，美國境外人士又哪裏能在不具主場優勢的情況下脫穎而出，獲得該基金會董事們的一致認同？

證嚴法師之所以能夠獲得羅斯福基金會所有董事的高度肯定與認同，原因無他，歸因於五十年來，證嚴法師不斷向世人昭示了四個理念與目標，並且號召了全球數以萬計的志工，將這四個理念與目標一一在世界各地付諸實踐。

第一個理念與目標：為了讓生命有尊嚴，所以致力了慈善志業，目的就是要讓生命有尊嚴地活著。

第二個理念與目標：為了讓生命有品質，所以從事了醫療志業，目的就是要讓生命有品質地生存。

第三個理念與目標：為了讓生命有希望，所以創辦了教育志業，目的就是要讓生命有希望地延續。

第四個理念與目標：為了讓生命有內涵，所以開展了人文志業，目的就是要讓生命安樂地終其一生。

這就是慈濟人所稱的四大志業。現在慈濟四大志業的觸角，已從臺灣延伸到國際；從對身體的照護延伸到對心靈的照護；從對人類的關懷延伸到對大自然的關懷。理念只有一個，那就是對生命生存權的敬重與對心靈純潔性的肯定，希望藉此四大志業的推動，達到淨化人心，祥和社會，天下無災無難的願望。

希望來自人類的互助，和諧來自「善的力量」的結合。

「人之所以異於禽獸者，幾希？」這是孟子時代的大哉問。

有大哉問，也要有大哉答！人之所以異於禽獸者，在於人類除了知道有「利」之外，還知道有「義」。因為知道有利、有義，所以兩者之間必須要做一番的調和與妥協；有了最好的調和與妥協，人與人之間才能取得平衡與秩序。和諧狀態下的社會，才會井然有序；也只有在井然有序的社會裏，人人才能各安其分，各得其所，各享自在，這是和諧社會的境界。要達到這樣的境界，就有賴於善的力量的互助與結合。

人類外顯於世界的，有兩種力量在拔河，那就是善與惡；人類深藏於內心的，也有兩種力量在較量，那就是愛與恨。

當善的力量贏過惡的力量，社會就呈現了和諧狀態；而當惡的力量擊垮了善的力量，社會就會出現動盪與不安。同樣地，當人類內心深處，愛的力量取得了優勢，人性的光輝就能朗照蒼生，自顯雍容；而當恨的力量主宰了內心，人間就陰霾籠罩，頓成煉獄。

證嚴法師所致力的四大志業，就是要讓人與人之間取得安樂；讓人與大自然之間取得和諧。運用人與人之間的互助，善和善之間的結合，取得外顯世界的和諧；也要讓人的內心深處，透過自省自律的修煉，自度度人的反思，獲得澄淨與純潔，取得心靈上的無塵無染，心境上的無恨有愛，獲得彼此關懷，相互依偎，溫馨自在的心地風光。

總而言之，證嚴法師獲得「傑出公共服務獎」，可說是實至名歸。而羅斯福基金會能破除往例，將頒獎儀式移師花蓮舉行，足見該基金會的至真至誠，讓人感動。此外，該基金會主席也是羅斯福總統的孫女安娜．愛琳娜．羅斯福與執行長安德魯．理奇一起專程趕來主持頒獎，真情感人，讓人印象深刻。

這是一次東西文化慈悲的共鳴與智慧的鎔鑄，所共同成就的殊勝盛會。有幸與千餘位慈濟人共同見證了這場盛會，並得以藉此重溫了二十世紀，那段人類經濟蕭條的困頓年代與兵災浩劫的殘酷史實，心中除了興起引以為鑑的諸多感慨之外，對這次頒獎典禮所蘊涵的意義，以及善與善力量相互激勵所散發出來的光輝與啟示，都值得我們永久記憶與典藏。

時議｜關懷

輯四

糧食危機正在蔓延

「朱門酒肉臭，路有凍死骨」，這是唐朝大詩人杜甫的名句。千百年來，大家都能琅琅上口，但究竟有多少人真正理解到這詩隱含的辛酸，又有多少人能真正理解詩人當時寫下這詩的悲痛心情？

杜甫當時寫下這首詩時，不僅是為自己貧窮悲痛，也是為天下的飢寒人悲哀。有錢的人，食物多到吃不完，任其腐敗發臭丟棄，而貧窮的人卻窮到一無所有，窮到沒有任何東西可以活命，直到餓死路邊為止。這不僅是一種貧富懸殊的社會現象，也是一種不公不義的人類道德瑕疵。

其實，「朱門酒肉臭，路有凍死骨」，古已有之，今日為甚。不僅發生於東方，也發生於西方；尤其人類自二十世紀之後，拜科學發展之賜，世界地球村已然形成。即使千里之遙，數小時即可抵達，人類交流頻繁，鄰國就像鄰居，鄰洲就像鄰村。鄰家失火，禍延自家；鄰村有疫，禍延己村。饑荒、瘟疫、戰爭、兵劫、風災、水災、火災、乾旱、地震、海嘯，不論發生在哪一洲、哪一國、哪一地，誰敢說那是他家的事，和自己無關？

氣候變遷就是最好的例子，天地無私，不會偏袒。地球暖化了，氣候異常了，天地變色了，所產生的災難沒有哪一個地方能倖免於難，沒有哪一個國家能置身事外，也沒有哪一個人能冷眼旁觀。

據報載：二〇一一年，非洲東部正經歷數十年來最嚴重的乾旱，索馬利亞超過一千兩百萬人陷入日益嚴重的糧食危機。聯合國糧農組織負責人狄伍夫（Jacques Diouf）說：「如果各國政府及其捐助夥伴不立刻投入救援，可怕的饑荒就會出現，這將使國際社會蒙羞。」

索馬利亞如此，肯亞的情況也讓人擔憂。在非洲窮於應付逾半世紀以來最大乾旱之際，糧價飆漲已導致肯亞糧荒危機加劇，經濟學家形容：「持續上漲的糧價是一場無聲的危機，且已在非洲蔚然形成。」

「無聲的危機」何止在非洲蔚然形成，「無聲的危機」已擴及到整個地球了。即使是產糧國家，為了防範可能形成的糧食危機，已悄然提高了糧食的價格，限制了糧食的外銷；影響所及，各國糧價應聲大漲。糧荒之地固然雪上加霜，小康之國也哀鴻遍野，一場對抗饑荒的無形戰爭，已經開打了；「糧食恐慌症」已從缺糧國家蔓延到糧食需求量大的大國、強國與富國了。

雪上加霜的是，天災人禍讓世界糧食的產量不升反降，但世界人口卻不降反升。世界農糧組織不斷提出警告：世界人口愈來愈多，預估從二〇一一年至二〇四五年，人口將從七十億增加到九十億。

而受地球氣候變遷的影響，糧食產量勢必跟不上人口的成長，糧食產量的寡與不均，必然促成世界糧價的飆漲；世界糧價的飆漲，又必然嚴重威脅非洲與貧窮國家人民的生存，全球糧荒危機已開始顯現了。

生活在臺灣的人，仍然豐衣足食，似乎感受不到糧食危機已日日進逼，離我們愈來愈近了。就像森林那端失火了，生活在森林這端的鳥群，仍然感受不到森林失火的嚴重性，仍然日日歌舞昇平，等到烈火逼近了，才想滅火，為時就晚了。

不管種族膚色，不論國界信仰，我們都有一個共同的家，這個家就叫做地球。地球一旦有難，糧食危機一旦形成，居住在地球的每一個人，無人能夠倖免。我們每天在媒體上所看到的一些饑荒景象，總覺得事不關己；可是別忘了，一葉知秋，星火可以燎原。

其實預防糧食危機並不難，改變人類的飲食習慣就可以了。已經有愈來愈多的研究證實，調整人類的飲食習慣與少欲知足、減少浪費，是力挽糧食危機最簡單、也最有效的方法。這個方法，只要你願意，人人都可以做得到。

所謂調整飲食習慣就是：多吃蔬果，少吃肉。尤其是少吃肉或不吃肉，可以省下非常可觀的糧食，足以提供飢餓地區民眾的溫飽需要。根據美國國家黃豆研究實驗室的研究報告指出：黃豆每零點四公頃所提供的蛋白質，是一公頃肉類產量所能提供蛋白質的三十七點五倍。如果用來畜牧的土地，改換成種植黃豆，人類的糧食就可以增加三十七倍之多，人類的糧食危機就可以獲得解除。

另一個應付未來糧食危機的靈方妙藥就是：少欲知足、減少浪費。糧食是用來活命的，不是用來貯藏的，也不是用來任其腐爛發臭的；「朱門酒肉臭」是對天地的最大不敬，是道德的最大敵人。可悲的是我們人類社會，一直以來都存在著「朱門酒肉臭，路有凍死骨」的非理性且荒謬的社會問題。根據一項具體的統計數字：每一個美國人一年當中所購買與浪費的食物量是——

購買了三十五公斤的新鮮水果，浪費或丟棄了十公斤；購買兩公斤的奶油，浪費或丟棄了零點三公斤；購買了七十八公斤的穀物，浪費或丟棄了十六公斤；購買三十二公斤的家禽，浪費或丟棄了十二公斤；購買了蔬菜五十九公斤，浪費或丟棄了十八公斤；購買牛奶七十六公斤，浪費或丟棄了十五公斤；購買四十七公斤的紅肉，浪費或丟棄了十六公斤。整體加減下來，每年平均約有將近三分之一的糧食被浪費或丟掉了！

美國人如此，其他國家又何嘗不然！所以只要大家能調整生活習慣與態度，吃多少，買多少，在日常生活中做好自我節制，減少浪費，就可以多出將近三分之一的糧食，養活處在飢餓狀態的生命。這正是消弭糧食危機的不二法門。

誰能當個明白人？

西班牙有一幅畫。

那幅畫描寫的是人的一生，有如必須走過一座驚險的橋。橋的兩端雲霧迷濛，真是所謂的「雲深不知處」，每個人都是從不可知的地方來，向不可知的地方去。

橋面布滿了大大小小的坑洞，橋下是深不見底的淵谷。走在橋面上，有的人中途跌倒；有的人被擠失足，墜入深淵；有的人因為不堪疲累，忍受不了痛苦而自己跳下橋，自盡身亡。

這幅畫要傳達的意思其實很簡單，就是要告訴我們：「生與死，是生命的兩端。生前是空虛、迷暗；死後也是迷暗、空虛。誰能知生從何來，死往何去？」

但人生必須走過這聯繫著生與死兩端的迷暗且難測難知的橋，這座人生橋上的兩側是巨豁深淵，稍一失足，就會粉身碎骨，難能生還。

更糟的是，在這座驚險萬分的人生橋上，到處充斥著坑坑洞洞，到處布滿了陷阱，所以有人誤踏坑洞而顛仆倒下；有人誤入陷阱而掙扎難拔；有人因競爭激烈，相互排擠而被擠出橋面，墜入深淵；有人則因忍受不了橋上人心的險惡與沿途諸多的苦厄，而自絕於橋面。

這幅「人生危橋」名畫的意境，不僅是藝術的，也是哲學的；不僅是哲學的，更是每個人一生的真實寫照。

唐代詩人陳子昂有一首〈登幽州臺歌〉的詩寫道：

前不見古人，後不見來者；

念天地之悠悠，獨愴然而涕下！

自古以來，詩人都是多愁善感的，不是多愁善感的人成不了詩人。陳子昂的這首〈登幽州臺歌〉，有感於天地之大與時間之長，面對人生的短暫與渺小不免長吁短嘆。慨嘆之極，也就不免潸然淚下了。

像陳子昂這樣喟嘆人生短暫的詩文，中外古今皆有。例如屠格涅夫的小說，曾寫下這麼一個故事：

冬夜，一個皇帝和他的戰士，圍坐在一間屋子裏，屋內燃燒著火爐。突然，一隻小鳥從打開著的窗戶飛進來，又從另一個窗戶飛出去。皇帝說：「這鳥好像世上的人，從黑暗處飛進來，又向黑暗處飛出去，溫暖與光明是短暫的啊！」

這位皇帝的感慨之言，正是我們一生的具體描述。所謂「人生苦短，來日無多。」如何走過這短暫的人生險橋，正是每個人應有的課題。

佛教禪宗裏，有這麼一個公案：

五祖法演禪師上堂云：山僧昨日入城，見一棚傀儡，不免近前看。或見端嚴奇特，或見醜陋不堪。動轉行止，青黃赤白，一一見了。仔細看時，原來青布幔裏有人。山僧忍俊不禁，乃問：「長史高姓？」他道：「老和尚看便了，問甚麼姓？」大眾，山僧被他一問，直得無言可對，無理可伸，還有人為山僧道得麼？

唐宋以來，禪僧都會用類比的方式，或說些讓人摸不著頭緒的故事，來點化眾生的無明與執著，戳破眾生的偏見與傲慢。至於是不是能夠見效，就要看眾生的根基與悟性了。

五祖法演知道眾生根淺機小，如果說些真如本性等的抽象名詞或意念，不僅不能幫助他們去粘解縛，反而徒增他們的困惑，所以才說了上述的故事。

故事的大意是說：有一天，五祖法演禪師對僧眾說：昨天我進到城裏，聽見鼓聲鑼聲喧囂，走進人群中一看，原來是正上演一場傀儡戲，臺上十多個木偶，個個栩栩如生。有的相貌莊嚴俊美，服飾奇麗，特別好看；有的衣衫破舊，愁眉苦臉，相當醜陋。但這些木偶轉動自如，能走能停，能前能後，能說能唱，能笑能哭，而且青黃赤白，各種顏色都有。我正看得仔細入神，津津有味時，突然看見青色的布幔晃動了一下，法演禪師揭開布幔一看，原來後面有人用雙手操弄著木偶身上的絲線，口中模擬出各種不同的聲音。

木偶在戲臺上栩栩如生，原來是幕後有人操控，法演禪師恍然大悟，忍俊不住地笑了起來。他問操控木偶的人說：「請問先生貴姓？」

那人回答說：「老和尚，你只管看吧！何必問什麼姓呢？」我被那人一說，啞口無言了。現在，各位誰能替我回答這個問題呢？

這則禪宗的故事，要說的是：「我們正是戲棚上的那些木偶，木偶不論穿著華麗貴氣，位高權重；或穿著青衫白布，貧賤位卑；不論是帝王將相，或是販夫走卒，他們的一舉一動，一顰一笑，他們的喜怒哀樂，愛恨情仇，其實都是虛幻不實的，都是受青幔幕後的人所牽動的。」

法演禪師想知道操弄木偶者的姓名，操弄木偶的人卻直截了當地回答說：「你只管看，問什麼姓！」這裏所說的「姓」，就是「心性」的暗示與比喻，一般人是很難理解的。真如本性是不受操弄的，是如如不動，不隨風起舞的，當然不會像木偶一樣。

肯・羅賓森爵士是著名的大學教授，他的「談為什麼學校扼殺了創意力」演說，吸引了超過兩千六百萬人次點閱。他的演說之所以成功，就是巧妙地結合趣聞、故事和幽默，鋪陳出直搗主題的精采論述。他懂得如何讓聽眾在笑聲中進行反思與省悟，例如他說：

最近我聽到一個很棒的故事，我超愛講這個故事。

一個小女孩上畫畫課，她六歲，坐在教室後面。

老師說這個小女孩上課幾乎都不專心，但這堂畫畫課她倒很認真。老師在一旁看得入迷了，她走向小女孩問她：「妳在畫什麼？」

小女孩回答：「我在畫上帝。」

老師說：「可是沒有人知道上帝長甚麼樣子呀！」

小女孩接著說：「他們等一下就會知道了。」

小女孩有創意，其實每個人都有屬於他自己的創意，可惜都被社群鄉民或其他有權有勢的人束縛左右了，人人都變成了五祖法演禪師口中的傀儡，自己做不了自己的主人。

羅賓森爵士說：「在我的經驗中，教授有個古怪的特色，他們住在自己的腦袋裏，而且還偏向一邊。住在腦袋裏的他們跟身體是脫離的，實際上真的是如此。他們往下看自己的身體，把它當成一種運送頭部的工具，不是嗎？他們靠身體把腦袋送進會議室。」

羅賓森講的沒有錯，但他沒有講出真正的實情。實情是：住在腦袋裏的每個人，其實他們所住的腦袋有許多部分，甚至所有部分都不是真正屬於自己的，幾乎所有世人的腦袋都相互摻雜著別人的腦袋，甚至全然接受別人的腦袋。這就是為什麼「人云亦云」的可怕；為什麼「道聽塗說」的可怕；為什麼社群網路酸民鄉民的可怕；為什麼電視上指東道西名嘴的可怕。當每一個人的腦袋都成了別人的腦袋，當今世上又有誰能當個明白的人呢？

科技爛帳誰買單？

人類破壞地球生態的手又開始伸向太空，嚴重破壞太空的靜寂與清澄了。人類貪婪與野心的病毒，不僅腐化了地球內部，也蔓延到地球的外沿了。

根據最近一篇外電報導，有太空科學家對愈來愈多的太空垃圾感到憂心忡忡，他們擔心愈來愈多的太空垃圾會嚴重威脅衛星和人類太空活動的安全。

該項報導說：自從一九五七年，前蘇聯發射了人類歷史上第一枚人造衛星之後，世界各國急起直追，迄今已經把六千多枚衛星送上太空。在太空上的人造衛星，對人類的日常生活已愈來愈重要了，不論娛樂、保安、通信、導航或國防軍事等，都依賴衛星得到充分的運作。但在人類享受太空衛星科技帶來便利的同時，人類也開始面臨了惡果。

報導指出，今日地球附近軌道上遍布太空垃圾，並且情況愈來愈糟，因為一些大塊的碎屑之間會發生碰撞，並碎裂成更多更小的碎片。二〇〇九年，就有美國維吉尼亞州銥衛星通訊公司（Iridium）的其中一顆衛星，被一顆已經除役的俄羅斯衛星高速撞上，相撞速度約達子彈射速的十倍左右。這場意外，導致衛星破裂，形成一千七百多片碎片，讓太空垃圾數量遽增近百分之二十。

太空垃圾一下子驟增百分之二十，這不是普通的數字，這個數字背後，代表著一個更嚴重的問題，那就是「凱斯勒現象（Kessler Syndrome）」已經開始了。

所謂「凱斯勒現象」，就是當太空垃圾達到一定數量而引發碰撞之後，碰撞的碎片又會形成更多更密集的太空垃圾，惡性循環的結果，會使得地球上空沒有任何安全的衛星軌道。

其實，地球上空有沒有安全的衛星軌道，一般小老百姓並不會在意，但對於習慣享受衛星科技好處的人可能就會很在意。

儘管目前美國軍方正監視著「低地球軌道」上的大約兩萬個太空垃圾的動態，但也難保「凱斯勒現象」不會進一步惡化。美國太空總署（NASA）的科學家考慮利用「地面雷射」，減緩太空垃圾碰撞，讓太空垃圾表面汽化，利用汽化所產生的「反作用力」，使一部分的太空垃圾離開會發生碰撞的位置。這樣一來，太空垃圾的撞擊次數可以降低，太空垃圾的數量也可以減少，最後這些太空垃圾會與地球大氣摩擦焚毀，就可以確保衛星軌道的安全。

有關太空科學的知識，我們實在所知有限，太空科學家的這些分析與作為，是否能夠解決太空垃圾日益嚴重的問題，我們也只能「姑妄言之，姑妄聽之」。我們當然不希望地球上空存在愈來愈多、愈來愈不安全的因素。目前地球暖化所產生的氣候變遷問題，已極度困擾著人類了，我們實在不希望一波未平，一波又起，把地球垃圾汙染的問題向太空蔓延。

太空科學家所說的「凱斯勒現象」，就是今日科技發展延伸出來的困境。人類為了滿足非理性、且非必要的享受，研發出許多破壞大自然均衡的所謂高科技，而這些高科技運用的結果，產生了高汙染、高破壞等副作用。為消除這些副作用，人類必須再研發更多與更新的科技來解決；而更多更新的科技又產生更多更嚴重的副作用，於是輾轉發展下去，就像「凱斯勒現象」一樣，危機就更加不可收拾。

吸食毒品的人，大都是為逞一時之快，沾染了毒品，然後愈吸愈重，毒癮愈來愈深，以致毀滅自己的一生。人類也是一樣，一開始是為了滿足非理性的享受，創造非必要的財富，研發了新科技，漸漸地就變成科技成癮，愈陷愈深，終致難以自拔，這就是現在人類的處境。

遺憾的是，人類對自己的艱險處境，卻仍然不自覺。仍然加大加深對物質享受的追求，仍然以大量生產，大量消費，大量揮霍，大量浪費為導向，競相追逐高經濟成長率。結果是地球資源快速枯竭了，地球雨林快速消失了，各大河川快速汙染了，各地湖泊快速乾涸了，地球水資源告急了，綠洲沙漠化了，氣候異常變遷了。

各地水災、風災、雪災、地震、氣候異常頻傳，平常相對安定的地球，開始活躍起來了。地、水、火、風與病菌也開始反撲了，人類一意孤行，自作聰明的作為，不僅為自己帶來災難，更禍延其他物種。

現在地球上許多物種已經遭到滅絕，而還有不少的物種正陷入瀕臨滅絕的窘境。人類不計後果，盲目追求科技化與工業化，讓原本繽紛的世界生靈塗炭，讓這顆原本湛藍亮麗的星球，逐漸地黯然失色了。

「有機械者必有機事；有機事者必有機心。」這是古人所擔心的。現在機械多了，機事當然也多了；機事多了，而人類的機心更重了。人類的機心顯現在科技工業化的發展上，但科技工業化發展所延伸出來的一筆爛帳，又該誰買單呢？總不能好處由富國富人獨享，而惡果由窮國窮人承擔吧！

震傷與核災

自本世紀以來，天災人禍持續不斷，天災一次比一次嚴重，人禍一次比一次厲害。雖然許多人不願意將天災與人禍牽扯在一起，總認為天災是一種自然界維持均衡狀態過程中的必要調整，不見得與人禍有直接的關係。

這話當然有一定的道理，但我們仍然認為，許多天災的形成和人類的為所欲為，存在著千絲萬縷的關係。例如地球暖化和氣候異常變遷，已經有許多科學研究數據顯示，和人類恣意揮霍地球資源，大量製造二氧化碳有直接或間接的關係；換句話說，地球氣候異常變遷的罪魁禍首，正是人類的為所欲為！

二〇一一年，日本東北部宮城縣發生芮氏規模九點零的大地震，震驚全球，這不僅是因為地震規模之大，也因為地震引發毀滅性的海嘯所造成的損害之巨。

日本處於環太平洋地震帶（火環帶）上，是個地震多發的國家，平常對地震的防範就已不遺餘力，何況日本又是一個工業先進國家，對於公共設施與建築物的防震要求都有嚴格的規定與執行。像這樣一個長期與地震共舞、又處處嚴謹防範的國家，強震一來，仍會造成這麼嚴重的破壞與損害，設若其他開發中國家，遇到此種情況，破壞與損害，恐怕更難想像。可見大自然一旦發怒起來，其威力之大，無物能攖其鋒，我們還膽敢嘶喊：「人定勝天」嗎？

有科學家曾經這樣說：「地震是一種地球板塊相互擠壓與地球內部能量的釋放，是自然界的必然現象，不需恐慌。」科學家的理性說明，我們充分理解，但我們仍然要說：「我們不是對地震的自然現象產生恐慌，而是對地震所帶來的嚴重災害產生懼怕。」我們承認地震是客觀的自然現象，任何人無力阻擋，也無力改變，但人類可以避開地震對我們所可能造成的傷害，或至少可以讓傷害降低到最小程度。

拜地球科學研究之賜，我們已經知道地球的地殼是由多個板塊構成，板塊與板塊之間或因相互擠壓，或因地層下陷，或因地球內部能量釋放，產生規模大小程度不同的地震。遺憾的是：板塊與板塊之間何時會發生猛烈推擠？地球內部何時何處釋放能量？至今我們仍然一無所知。但我們已經知道：地球板塊與板塊間的接縫羅列在何處，也知道地震高發的斷層地帶分布在哪裏，這些資訊與數據彌足珍貴，可以用來作為我們規畫城鎮與人為建設時的參考，讓我們知所遠離，知所防範。

不同於水災、風災、火災，地震可說是全方位的毀滅性災害，防不勝防，躲無可躲；來時的強度無法預測，去時留下的災難無法預知。除了強震來時那瞬間的天搖地動，山崩土移，牆倒地陷，屋毀人亡之外；強震過後所引發的巨大海嘯，沿著海岸鋪天蓋地、排山倒海而來；巨浪所到之處，摧枯拉朽，擋無可擋，退無可退。

在巨大海嘯的面前，人類顯得異常地脆弱與渺小，所有人為的建築物與製造物，都像小孩子的玩具，任由沖散，任由拆解，任由搗毀，任由淹滅，破壞力之大，損毀面之廣，災害度之深，傷亡數之眾，非一般局部性水災、風災、火災所可比擬。這就是為什麼天然災害防護專家談地震色變的主要原因。

更何況強震往往也會帶來熊熊巨火，沼氣、瓦斯、油槽、電力都可能是強震時星星之火的源頭。星星之火足以燎原，它可以讓地震災區頓時陷入火海，讓災難雪上加霜，一發不可收拾。

日本宮城縣外海的強震，引發地、水、火、核四大災難齊發，讓人怵目驚心。其中最讓人憂心忡忡的，還是福島第一核電廠機組的接連爆炸及放射性物質外洩事件。這事件既是天災，又有可能是人禍，所以引起了全球核能科學家的廣泛重視。不管如何，核能電廠的屢屢出現狀態，在在都告訴人類：執意發展核能的同時，不要只看到核能的好，也要看到核能的壞；核能的使用易放難收，有如一頭易養難馴的怪獸，不管用於戰爭作為殺人的武器，或用於發電作為和平用途，都應慎重抉擇，否則一旦失控，後果就真的不堪設想了。

「前事不忘，後事之師。」歷史是一面鏡子，可以照出人類的醜陋與美麗，不足與多餘。人類應該從無數災難之中覺醒，從苦難中惕勵。根據路透社的外電報導：當年曾為車諾比核災處理善後的專家嚴厲批評：「核能產業利欲薰心。」也批評國際原子能總署：「為核能產業的擴張護航。」他甚至斷言：「日本核危擴散之災，只怕在劫難逃。」

我們不是核能專家，核能的知識有限，因此對於路透社的這項報導，我們不敢置評，也無能置評，但我們認為：「人民的生命安全才是正道。」任何高度風險的科技運用都要審慎從事，尤其像核能這種極具危險性的科技產物更應戒懼謹慎。

臺灣同樣位處環太平洋地震帶上，對於這次日本強震的遭遇，我們感同身受；對於因震災而往生與往生者的家屬，我們同表哀悼與慰問；對於日本全國民眾冷靜堅毅地面對災難，平和而又有秩序相互扶持，共度難關，我們要表達至誠的敬佩與由衷的感動，這都是我們所要學習與效法的地方。

而同樣的，臺灣也有數座核能發電廠，我們也要以日本核災為鑑，徹底檢驗我們的核電安全並檢討今後核能政策的發展走向。我們寧可生活較為簡樸，也不願意為了滿足用電的需求，而犧牲了全民的生命安全。

天災風險排行榜

二〇一一年，一則發自法國巴黎的新聞報導指出：「亞太地區是天災的好發地區，全球百分之七十的重大天災都發生在亞太地區。」

所謂亞太地區就是指亞洲太平洋地區，報導更進一步指出：「美國、日本、中國及臺灣，都是天災整體損失『極高風險』的國家。」

聯合國主管人道事務的副祕書長霍姆斯（John Holmes）說：「亞太地區居民受天災衝擊的機率是非洲居民的四倍，更是歐洲及北美居民的二十五倍。」這是根據各國經濟因地震、海嘯、火山、山崩、洪水、暴風雨及野火等天災的曝險情況，所作的調查報告而得出的結論。

該調查報告指出：「美國、日本及臺灣，都得為天災支付昂貴帳單。」報告說：在一百九十六個國家中，臺灣的天災損失風險排在全世界的第四名，這樣的高度風險，怎不讓我們心驚膽顫！

平常我們都知道，臺灣地處環太平洋地震帶，千百年來地震一直威脅著臺灣的安全；我們也知道臺灣位於太平洋颱風多發地帶，每到颱風季節，強風挾帶著暴雨，席捲宛如海上孤舟的臺灣，造成洪水肆虐，土石流自山坡沖刷而下，家園被毀，人畜損傷，災情慘重。儘管如此，我們似乎已經司空見慣，從來沒有想到我們所居住的臺灣寶島，竟會是全球天災整體損失「極高風險」區，更沒有想到這個處於天災「極高風險」區的地方，竟高踞全球天災損失風險排行榜的第四名！

正因為過去我們對天災太習以為常了，所以從來沒有驚覺臺灣身處險境，因此朝野上下都缺乏憂患意識，都輕忽了防災的重要性與必要性。於是日復一日，年復一年，大家都抱著「兵來將擋，水來土掩」的心態與作為。

天災來了，大家一陣慌亂，救災的人，夜以繼日，辛勞備至；受災的人，嗷嗷待援，怨聲四起。政治人物乘機造勢，見縫插針，相互攻訐，媒體則見獵心喜，報導極盡悲情，批評極端嚴苛，負面思維彌漫災區，怨懟不滿充滿社會，不但不能凝聚朝野救災的民心士氣，還抵銷了民間慈善救災團體的有心作為。這種面對天災善後的紊亂現象，一次又一次不斷循環，也一次又一次不斷重演，似乎毫無跳脫的跡象。

現在，既然知道臺灣地處天災整體損失的「極高風險」地區，這是臺灣地理位置的使然，也是臺灣無可奈何的宿命。我們固然無力可以阻擋，但可以全力防範，可以用事前的防範作為降低天災所帶來的風險與損失。

臺灣山高水急，河床容易淤積，過度開發最容易傷害山地，生態的維護與防災的設施，都應該是政府年年施政的重點，臺灣面臨的是如此嚴峻的情勢，難道我們還不能「知所防範」？還不能亟思強化防災救災的組織與機制？難道還想讓臺灣天災的痛苦指數節節高攀，讓天災人禍的夢魇年復一年嗎？當然，降低天災損害不只是政府單方面的事，是全民必須覺醒與配合的承擔，只有朝野與全民凝聚共識，共同承擔，臺灣才能在險中求安。

許多氣象專家紛紛預言：「如果地球的熱度不設法降下，未來的天災只會有增無減。」這已經不是預言，而是一項事實了。現在世界各地天災頻傳，不是地震釀災了，就是風暴肇禍了；不是洪水氾濫了，就是土地乾旱了；不是森林大火了，就是火山噴發了；不是該下大雪的地方不下雪了，就是該降雨的地方不降雨了……熱浪席捲與冰雪寒天，各自肆虐，各成極端，大家都在嘆息氣候反常了。

氣候之所以反常，科學家都認為是地球暖化的結果。而地球暖化又肇因於人類二氧化碳的過度排放。但根據美國太空總署的科學家表示：「甲烷」對暖化的影響，比二氧化碳高出百倍，遠超過先前科學家所想像的。所以他們認為，要讓地球快一點降溫，最快速有效的作為，就是減少「甲烷」的產生。

根據一項最新的研究結果顯示：全球最大的「甲烷」來源是畜牧業，而畜牧業百分之八十五的甲烷來自牲畜的消化過程，其他百分之十五來自儲存未處理的牲畜排泄物。經過科學的精密換算，畜牧業及其副產品，每年製造的碳排放量高達三百二十六億噸，占了全球溫室氣體總排放量的百分之五十一。

因此，科學家認為：「畜牧業是全球溫室氣體排放的最大責任方。遺憾的是，全球的肉品消耗量，在過去五十年已翻升五倍，而且絲毫沒有減少的跡象。」

如果這項研究報告屬實，那麼地球暖化的元凶正是人類的口欲。因為人類嗜肉成性，大碗酒、大塊肉的奢豪享受，讓肉品類的需求節節升高，帶動了畜牧業的蓬勃發展。而畜牧業的發展導致飼養的牲畜愈來愈多，甲烷氣體的產生也就一發不可收拾，這就是甲烷肇禍的真相，是人類自造惡業的結果。

值得我們注意的是，科學研究告訴我們，甲烷不像二氧化碳可以在空氣中存續一個世紀以上，甲烷只能在大氣中循環八年。所以減少肉品消費，可以立即降低甲烷排放，快速讓地球清涼下來。因此，美國史丹佛大學特里魯特（Terry Root）博士說：「蔬食是減少甲烷、對抗地球暖化最快速有效的方法。」

科學家找出地球暖化的病因了，而特里魯特博士也針對病因，說出對治的方法了，其實搶救地球不需要靠超人，但需要靠人人。只要人人多吃蔬食少吃肉，多種蔬果少畜牧，人人都可以是維護地球的園丁，是拯救地球的超人，搶救地球，讓地球快速降溫，就是這麼簡單——人人改變生活飲食習慣，多吃蔬食少吃肉就對了。

一個古老傳說的啟示

很早很早以前，有一個王國，它叫薩迪克王國。

有一天，王國的人民將王宮團團圍住，並高吼鼓譟著，似乎要造反了。

國王一手拿著王冠，一手拿著權杖，走下了王宮的臺階，面向群眾，嚴肅地正視著群眾。

群眾的吼叫聲靜下來了，國王出現在王宮臺階上的威嚴，震懾住了大家。

他站在群眾的面前說：「朋友們，你們不再是我的子民，我也不再是你們的國王了。我把王冠和權杖交給你們，我會是你們其中的一員。我只是一個普通的人，會像普通的人一樣和你們一起工作，這樣我們的命運會好起來的，再也沒有必要設個國王了，讓我們手挽著手，到田間，到葡萄園裏勞動去吧！只是你們得告訴我，我該去哪塊田，哪個葡萄園工作，現在，人人都是國王了。」

人們驚呆了，他們一動也不動地站著，因為他們原本以為國王是他們不滿的源頭。可是，現在國王交出了王冠和權杖，並且要和他們一起勞動工作，成為他們中的一員。

群眾無話可說，各自散去了，國王在一個人的陪同下，到田裏工作去了。

但是，沒有了國王，薩迪克王國並沒有因此好起來，不滿的雲煙照樣籠罩著王國各地。人們在市集上嚷著他們需要一個國王來統治，需要一個統治者來恢復社會的秩序。老老少少異口同聲地說：「我們要有一個國王。」

於是，人們在田裏找到了原來的國王，他正努力地在田裏工作。人們把他護送回王宮，請他坐上國王寶座，把王冠和權杖交還給他。大家說：「現在，請您用權力和正義來統治我們吧！」

國王回答道：「我確實會用權力來統治你們，同時也但願上天能助我一臂之力，讓我用無私的正義統治你們。」

這時，人們紛紛在國王的面前控告一位男爵，細說男爵如何地虐待他們。他們異口同聲地泣訴，在男爵的眼中，眾人只是這位男爵的農奴罷了。

國王立刻叫人把男爵傳喚到跟前說：「在上帝的名譽下，每個人的生命都是一樣地重要，你絲毫不懂得如何衡量在田地裏或葡萄園裏為你工作的勞動者的價值。你被放逐了，你必須永遠離開這個國度。」

第二天，另一群人來到國王面前，控訴山那邊的伯爵夫人的暴行，說她如何使他們陷入悲慘的境地，讓他們痛苦萬分，感覺到尊嚴掃地，生不如死。

伯爵夫人馬上被帶到宮廷上，國王也判了她放逐之刑，說：「那些耕種我們田地，照看我們葡萄園的人，比我們這些吃著他們準備的麵包，喝著他們釀造的酒的人要高貴得多。因為你不知道這些道理，不懂得感恩他們，甚至虧待他們，讓他們受到極大的痛苦，你必須遠離這片土地，遠離這個國家。」

接著又有人來控訴主教大人，說主教如何逼迫他們搬運石頭，並將石頭敲碎去建造大教堂，卻什麼報酬都沒有。而主教大人的保險櫃裏卻裝滿了金銀財寶，老百姓則兩手空空，任由他們與他們的妻兒忍飢挨餓。

國王把主教召喚來了，對他說：「你胸前掛的十字架，應該意味著為別人犧牲生命，可是你卻從別人那裏掠奪生命，並且一毛不拔。因此，你應該永遠離開這個國家，永遠不要回來。」

就這樣，每個月圓的日子，男男女女都到國王面前訴說他們生活的重擔與不滿。於是每個月圓的日子，都有不少剝削者被流放出去。

薩迪克王國的人民驚訝不已，他們在心裏歡呼喝采著，都認為國王使用了他的權力，讓正義得以伸張了。

一天，老老少少又包圍了國王的王宮，要求見到國王。

國王一手持著王冠，一手拿著權杖，走下了臺階，對大家說：「這回你們要我做什麼呢？瞧，我把你們要我執掌的東西都拿來了，並準備還給你們。」

大家喊道：「不，不，您是我們正直的國王，您清除了毒蛇，也徹底掃清了豺狼，我們是來表示對您的感激的，莊嚴的王冠是您的，榮耀的權杖也是屬於您的。」

國王很嚴肅地回答說：「不是我，不是。你們自己才是國王，你們認為我軟弱無能，統治無力時，正是你們自己軟弱無能，統治不力。現在這片土地運作良好，是因為你們按照你們的意願進行的，我只是你們腦子裏的想法，只是存在於你們心中的行動者，我只是將你們的想法付諸行動罷了。根本就沒有一個真正的統治者，除非被統治者不能統治他自己。」

說完後，國王拿著王冠和權杖回王宮裏去了。老老少少也心滿意足地各自回家。但在回家的路上，每個人都認為自己是別人的國王，每個人都似乎覺得自己頭戴著王冠，手持著權杖，仰首挺胸，高談闊步地走著。

這個古老的故事講完了。現在是自由民主的時代，大家或許也會覺得自己像薩迪克王國的人民一樣，認為自己是別人的國王，每個人都自認為戴著王冠，手持權杖，可以到處予取予求，呼風喚雨了，如果這樣的話，就曲解了這個故事的內涵，沒有真正懂得國王最後講的那段話的真諦。

事實上，這個故事最重要的目的是要告訴我們，每個人都有屬於自己的一個王國。我們的情緒、我們的態度、我們的七情六欲、我們的一言一行，都是我們自己王國的子民，心靈是王國的主人，是統治著一切欲望、行為的國王。

如果我們每個人都能把自己的王國管理好，用無私的心，友善的情，做好自己的本分事，哪裏需要一個國王來統治國家。即使需要，那也只不過是一種凝聚力量的象徵，是個人民自我王國的影子。

遺憾的是，在現實的社會裏，人人都想要當統治別人的王，從來沒有想到要做好管理自己王國的王。人人都想要搶到統治別人的王冠與權杖，從來沒有想到那王冠與權杖只是一種象徵，只是一種虛妄，一種麻煩。

以前在備受批評的封建時代，那些自認英雄豪傑的人，爭著想要當統治別人的國王。於是興兵打仗，聚眾造反，無不想盡辦法，意圖從眾多「好漢」對手中，脫穎而出，目的就是要戴上王冠，坐上寶座，做個統治萬民的王。

而現在是自由民主的時代了，理應與古老的封建時代有所不同。但遺憾的是：在講究民主的現代也和從前一樣，人人想當王，只是當王的方式改變了。以前是拿起武器，靠著砍殺競爭對手的人頭，踏著遍野的屍體，奪取權杖，戴上王冠，登上皇帝的寶座。現在登上王座的方式改變了，用數人頭來替代砍人頭，誰的人頭票數多了，誰就能當上統治萬民的寶座。

這種用數人頭來決定誰可以當王的方式，似乎比古代用砍人頭的暴力方式要文明多了。但不可否認的，在數人頭的過程中，彼此鬥爭的本質並沒有改變；如果說有變，充其量只是把過去的武鬥，變成了文鬥罷了。

武鬥直截了當，文鬥勾心鬥角，產生的麻煩也比古代的武鬥多得多。因為用數人頭當王，必須結黨成派，黨同伐異，號召更多的追隨者，於是黨派林立，謊言謬論、標新立異、投機取巧的人變多了，蠱惑人心、煽動群眾無所不用其極，人與人之間的對立與不信任感增加了。

從眾心態是社會的普遍現象，一般人總認為跟隨著聲勢浩大的人走準沒錯，於是以假亂真，人云亦云，意識形態左右了一切。而政客之所以機關算盡，目的就是要號召群眾追隨，就是要爭取到足夠的人頭，得到人頭手上的選票。為政治服務的名嘴也應運而生，他們各為其主，各種怪異的言論，不僅達到了譁眾取寵的目的，也足以迷惑人心，是為政客騙取選票的特效藥，導致以訛傳訛，以盲引盲的情事層出不窮，使得社會的秩序與國家的安定，更加混亂與令人擔心了。

「自由民主」確實是人類崇高的理想與高貴的價值，但理想必須建築在每一個人民的素養上。人民的素養出問題，自由民主的理想與價值也必然出問題。一個真正自由民主的國家，必須先要有良好素養的人民。人民的素養提升了，人人心中都擁有一把衡量是非對錯的正確的尺了，再善用自己心中的那把尺去衡量塵世中的是非對錯與黑白真偽，管理好自己的王國，做好自己應盡的本分。那麼，那些世人眼中所謂的王冠與權杖都是虛妄的了。

預言豈能全當真

「王老師」五一一預言惹出了風波，有人冷潮熱諷；有人直指妖言惑眾；有人怪罪政府姑息養奸，而嗜血成性的臺灣媒體則見獵心喜。不論廣電媒體或平面媒體，逮到了獵物，不是生吞活剝，就是快火熱炒，一盤盤添油加醋，各式各樣的「預言」菜色琳琅滿目，一一端上版面。於是「王老師預言」戲碼，演得熱鬧非凡，成為尋常百姓茶餘飯後的助談資料。

隨著時間的流逝，「王老師五一一預言」的戲碼已逐漸被人遺忘了。由媒體快火炒出來的那些「色香有餘，營養不足」的各式「預言」菜色，也一一地成為歷史灰燼，灰飛煙滅了。但我們從歷史的灰燼中，得到了怎樣的啟示？如果同樣戲碼再度發生，我們應該如何自處？

老實說，「王老師的預言」不是「王老師」的創見。有關世界末日的預言，時不分古今，地不分中外，不是引經據典，言之鑿鑿；就是穿鑿附會，指證歷歷。說他新鮮嘛，一點都不新鮮。但為什麼這一次「王老師」的預言會變得熱鬧滾滾、趣味十足呢？是因為「王老師」的鐵口直斷？還是因為大家都期待驗證他的預言？是因為看好戲的心態「推波助瀾」呢？還是媒體的炒作「興風作浪」？因素錯綜複雜，一言難盡。

其實，在我們的社會裏，「王老師們」所在多有，只是大家不知不察，習以為常罷了！「預言」嘛，不就是預先告訴大家未來會發生什麼事嗎？如果這個定義可以被多數人接受的話，那麼圍繞在我們生活周遭的預言多如牛毛，「王老師們」的存在就不知凡幾了。

舉凡天氣「預報」，股市「預測」，景氣「預估」，情勢「預判」，體育賽事輸贏「預斷」，政治行情漲跌「預言」等，不都是在預告我們未來的情況會如何演變，以及會產生怎樣的結果嗎？

一般而論，可以禁得起檢驗的預言、預報，都有其科學或經驗法則作根據。這就是為什麼我們對某些預報、預測或預告深信不疑。但也有不少的預測、預報或預言，是非科學的，不科學的，或偽科學的，坊間許多預言書籍都屬這類。它們看起來似乎言之鑿鑿，實際上是：羅織事象，牽強附會。

而這些被羅織的事象，不是年代久遠，無法考證，就是穿鑿附會，指鹿為馬；要不然就是無中生有，以偽為真，或是偷天換日，張冠李戴；或是移花接木，錯把冬瓜當西瓜，「王老師五一一預言」，就是屬於這一類吧！

任何預言，都會宣說「有所本」。「王老師」的預言所本的就是《易經》。千百年來，中國人對《易經》的崇拜似乎與時俱增，許多人把《易經》視為占卜吉凶、破解未來的天書，認為只要讀通《易經》的陰陽變化，能破解《易經》裏的八卦符碼並演繹它，就可以直指天機，預卜吉凶。於是《易經》就成為「神之又神」的天書，「王老師」所本的就是這本中國古老的經書。

《易經》究竟是一本怎樣的書？歷代學者見解不一，有人認為它是一本占卜吉凶的書；有人認為它是一本修學進德的書。千百年來見仁見智，爭論不休，只好各是其是，各非其非了。但有一點是大家共同承認的，那就是《易經》是一本既神祕又古老，被中國人列為五經之首的經書。

據記載，孔子晚年特別喜歡讀《易經》，經常「居則在席，行則在囊」，也就是說他隨時把《易經》帶在身邊，有空就翻它、讀它，甚至把穿書簡的牛皮繩給磨斷了。可見孔子不僅愛讀《易經》，而且常讀《易經》。

孔子不是主張「敬鬼神而遠之」的嗎？為什麼會偏好這一本占筮的書呢？孔子說：「我讀《易經》不是為了占卜，而是發現這本書裏有很多做人的道理。性格剛強的人讀它，可以知道如何提防危險；性格柔弱的人讀它，可以讓自己變得堅強；性格狡詐的人讀它，可以去除狡詐之心；有勇無謀的人讀它，可以小心謹慎。」總之，孔子不把《易經》當占筮的書讀，而是把它當一本君子修養德行的書讀。

根據《易傳》的說法：「古者包羲氏之王天下也，仰則觀象於天，俯則觀法於地，觀鳥獸之文與地之宜，近取諸身，遠取諸物，於是始作八卦，以通神明之德，以類萬物之情。」

可見《易經》中的八卦符爻各種圖象，都是一種象徵性的符號，是古代聖哲用一種非常質樸與單純的心態，觀天之象，地之法，人之情，物之理，將萬事萬物的共同之理歸納於簡單的陽爻與陰爻兩個符號中，再由陰陽兩種符號，演繹出四象、八卦、六十四卦，象徵理、事、物的變化。其間充滿著物理性、時間性、人情性與事理性，顯示古人了解天地萬事萬物的態度，及萬事萬物生、住、異、滅的思維方式。

所以我們寧可相信《易經》是本進德修業的書。更何況《易經》講究的是「變易」的哲學，既然天地萬物變化不羈，又哪裏能預言或預測呢？

「過去心不可得，現在心不可得，未來心不可得。」只有把握當下最實在。至於諸多的預言，尤其荒誕不經、無跡可尋的預言，聽聽就算了，就不必太認真了。

女神旋風

女神卡卡何許人也，年輕人最知道。既然被封為「女神」，自然有她的神妙之處，果不其然，「女神」駕到，全臺的年輕人為之瘋狂。

「女神」，是天生就成女神呢？還是修練才成正果呢？都不是，她是被媒體御封為神的。現在的「媒體」無所不能，可以把人打入地獄，也可以把人捧為天神。一旦被媒體御封為「天王」、「天后」、「女神」之後，這些王、后、神就與媒體相依為命了。沒有媒體的吹捧，「女神」難顯神通；沒有神人的加持，媒體無緣紙貴。於是兩者水乳交融，相得益彰，帶動了社會的流行風潮。

說「女神」全是出於媒體的御封，也並非全都是事實。媒體確實可以完成「造神」運動，但還要看當事人成「神」之前，是否天生異質，天底下沒有哪一個資質平庸之輩能夠被製造成神。即使世人一時不察，平庸之輩硬被媒體御封為神，但沒有實力的支撐，很快就會被打回原形，仍然難入仙班之列。

「卡卡」能夠被媒體封為「女神」，而且神威歷久不衰，可見「女神」自有她的獨特資質與獨到修為。沒有先天的資質與後天的修為，一味模仿她，學樣她，想成為「女神」，無異東施效顰，不但成不了女神，更做不了自己。現在旋風過了，女神退駕了，那些模仿附身的怪獸，一一被打回原形了。船過水無痕，一切又恢復平靜了，回首往事，人世間真真假假，封神榜上上下下，一切如夢幻泡影，不禁啞然失笑。

人與媒體創造了流行，流行又牽引著人。究竟我們正在「做自己」呢？還是在「做別人」？一時間也分不清楚了，只好自我解嘲地說：「高興就好！」

「流行」文化席捲全球，所到之處，望風披靡，多少以追求時髦自許的人，以能趕上「流行」班車而沾沾自喜，那些無力抓住「流行」尾巴的人，則自嘆自艾，難以自已。

有人說：流行文化是一種現象。沒有錯，流行是一種不期然而來，不期然而往，讓人不自覺地跟著走的文化現象。

人類行為本來就飄忽難測，「流行」就是人類行為中的一股激流。它既來得快，也來得怪，不知不覺中忽然掩至，當我們警覺到時，它已在我們身旁好一陣子了。但「流行」真的是「羚羊掛角」，來無影，去無踪，無跡可尋嗎？那倒也未必，我們常說：「事必有因」，「流行」也非無中生有，突然而生。

「流行」說穿了，就是一種模仿的行為，穿著打扮，舉止言行，生活方式，被大家競相模仿了，且儼然成為全民運動了，成為生活中的主流了，流行的氣壓就籠罩了。「流行」無所謂合理不合理，再不合理，一旦成為流行，就成為合理了。

流行不是現代人的專利，古代也有流行，古人也會追趕流行。歷史告訴我們，每一個朝代都有它的流行顏色，都有它的流行服飾款式，都有它的流行妝扮，都有它的流行用語，甚至人的體態也抄襲成風，漢女尚纖瘦，唐女尚豐腴。可見「流行」無關合理，無涉美醜，它只是相互抄襲、競相模仿的一種生活方式與文化現象。

流行既不會無中生有，必然有人起頭，也必然有人鼓動。這些起帶頭作用、鼓動風潮的人，就是我們所稱的「偶像」。有偶像就有「粉絲」，有「粉絲」就有迷狂的表現。

所謂「物以類聚，人以群分」，「粉絲」用熱情鼓動狂熱，用狂熱充實流行的能量；流行沒有充足的能量，就難成氣候，難以形成巨大的風潮。

人類社會中，最具熱情的首推年輕族群，這就是為什麼流行特別容易在年輕族群中形成氣候的原因。追逐、嘶喊、尖叫、模仿，都是這些族群最常見的熱情出口。

「流行」沒有什麼不好，它可以點綴生活的情趣，也可以彩繪世俗的繽紛，更可以發洩年輕族群的熱情。所以如果媒體上出現年輕人為「偶像」癡迷尖叫、推擠拉扯的紊亂場面，請不必訝異，畢竟這是每個世代都有的產物，只是表現方式不同而已啊！

西方哲學家說：「我思故我在。」

「我思」就是一種自覺，只有自覺到自己的存在，「我」才存在。這個「我」是自我認知的「我」，是自我「肯定」的我，不是別人眼中的「我」，不是別人認定的「我」。「我思故我在」的背後哲學，是鼓勵大家要清清楚楚地勇於「做自己」，不要迷迷糊糊地去「做別人」。一味模仿別人，就是「做別人」，不是「做自己」，想徹頭徹尾地「做自己」，就要明明白白地自覺，堂堂正正地走自己的路。

「流行」文化固然能讓人傾倒，但也可以讓人反思。我們每個人都生活在流行文化的旋風與激流中，是否隨旋風起舞，是否隨激流沈浮，自己完全可以當家作主。跟隨「流行」走，固然沒有什麼不可以，但不跟著「流行」走，也沒有什麼不好。

每個人心中有個偶像，固然沒有什麼壞處，但一味盯著偶像模仿學樣，也不見得有什麼好處。人云亦云，不是自我；亦步亦趨，也不是自我。學會辨別是非，判斷善惡，走屬於自己的人生道路，過自己正確生活的人，才是做真正的自己。

「流行」文化充其量只能淺嘗即止，過分沈迷，就會深陷

「流行」的庸俗中；「偶像」崇拜充其量只能點到為止，過分癡迷，就會變成偶像的影子，想要做自己，恐怕就愈來愈遙遠了。

世界需要和諧交響曲

「這個世界愈來愈不安靜了。或者更精準地說：這個世界人類的話語聲量愈來愈大了。」我對朋友說。

朋友反駁道：「你錯了，全球化的趨勢正在加速進行，這個世界的話語應該愈來愈少才對。有許多弱勢民族的語言，逐漸被淡忘、被取代或根本就消失了，代之而起的是強勢民族的語言；也唯有強勢民族的語言，才能取代弱勢民族的語言。」

「想想古時候，人以群分，物以類聚。人以群分後，就形成小聚落，每個小聚落，都有屬於它的語言。然後小聚落被兼併為大聚落，強勢的族群併吞了弱勢的族群，強勢族群的語言取代了弱勢族群的語言。大聚落也逐漸被更大的聚落合併，形成了具有規模的國家，官方語言於焉產生了，原始部落語言不見了。所以，這個世界的話語應該是愈來愈少才對。」

朋友繼續說：「到了殖民主義時代，船堅砲利的歐洲國家憑藉著強大的武力，入侵並殖民北美洲、中南美洲、亞洲、大洋洲，結果使當地原住民飽受殺害與壓制，原住民的語言也逐漸消失了。君不見當今英語是如何成為世界性的語言嗎？」

我說：「我同意您的說法。但我指的不是語言的種類，而是指話語的聲量，是人類表達情意的話語聲量。正是受到全球化與資訊科技化的影響，人類表達情意的話語聲量比過去增加許多了。其中當然包括大眾傳播、小眾傳播、社群傳播與網路傳播、個人傳播及其他各式各樣的訊息傳播。人類話語聲量的增加，除了表示人與人之間的接觸愈來愈密切，資訊流量愈來愈頻繁外，也表示人類的活動領域愈來愈寬廣，人類的勢力愈來愈強大。許多地區動物與植物的生存領域被侵犯了，蟲鳴鳥叫的聲音減少了，獅吼虎嘯，狼哭狐叫，象呼豹號的盛況不在了。代之而起的是人類的吵雜聲、怒吼聲、衝殺聲、槍砲聲、哀泣聲、叫罵聲、怨嘆聲，以及種種令人不安的殘暴聲。」

接著我又說：「物理學有所謂的守恆定律，也就是說宇宙的能量是守恆不變的，只是『此消彼長』而已。如果這是對的，那麼世界的聲量也是守恆的，只是人類的聲量取代了其他動物的聲量。人類活動的疆域擴大了，其他動植物的生存範圍就縮小了；人類的聲量變大了，其他動物的聲量就變小了。」

我的朋友似乎也同意了我的說法，他沈默不語了。

其實人類聲量的大幅增加，除了世界人口的急劇增加與活動領域的不斷擴大外，資訊科技與交通工具的日新月異也助長了這種趨勢。例如，現在每個人幾乎已離不開手機或平板電腦，這些都已成為人類重要的話語平臺，尤其手機多功能化後，人類各種表情達意的訊息就已經是無處不在，無時不在了。話語如影隨形，人到了哪裏，話語聲量就到哪裏。

何況現在所謂的社群網站，像臉書、微信、Google、Yahoo、YouTube等等知名或不知名的網站，都以追求資訊與話語的流量為目標。誰的聲量大，誰的訊息數量多，誰就能創造更多更大的產值與影響力。於是在各式各樣的話語平臺裏，不乏充滿營利賺錢的商機；充滿意識形態的權謀；充滿歧視的危機與各種爾虞我詐的投機。在機關算盡的話語平臺中，究竟有多少是真話，多少是假話；多少是謠言，多少是事實；多少是善意，多少是惡意；多少是道聽塗說，多少是誇大渲染；有多少是刻意造謠，多少是故意毀謗，世人是否能夠明白洞悉與清楚辨別？

自古以來，每個人都有「喜聞人之惡，不喜聞己之惡」的癖好。愈是聳人聽聞、愈是光怪陸離、愈是尖酸刻薄、愈是苛責辣嗆、愈是背離常情、叛經離道的言論，愈能吸引大眾的注意與閱聽。「假做真時真亦假」的情景時有所聞，增添了真假難分，對錯難辨，價值錯亂的變動元素，形成了社會的亂源與亂象。

世界知名的文學家紀伯倫寫了一則有關「群蛙」的故事。故事是這樣講的：

盛夏之際，一隻青蛙對他的伴侶說：「我們的晚歌恐怕打擾了岸上房間裏的人了。」

他的妻子回答說：「可是他們白天裏的談話不也攪擾了我們的清修嗎？」

雄蛙說：「別忘了，我們晚上可能唱得太多了。」

雌蛙回答：「但也別忘了，白天裏他們很多時候也喋喋不休，大喊大叫。」

雄蛙說：「牛蛙用他那上帝禁止的轟鳴，吵得街坊鄰居不得安寧，你覺得如何呢？」

他的妻子又說了：「可是，那些來自岸邊的政治家、生意人、科學家與傳道家等，不也搞得到處都喧囂嘈雜，你又怎麼說啊！」

雄蛙說：「那麼，讓我們做得比那些人類還好吧！我們晚上就安靜地待著，把那些歌都藏在心裏，即使月亮需要我們的旋律，星辰需要我們的韻律。至少讓我們安靜一、兩個晚上，甚至是三個晚上。」

他的妻子說：「好吧！我同意。讓我看看你的寬宏大量能產生什麼結果。」

那天晚上，群蛙們果真都安靜了，第二天晚上也很靜寂，接著第三天晚上也沒有動靜。

說來也奇怪，湖邊住的一位長舌多嘴的婦人第三天下樓吃早餐時，對他的丈夫吼道：「這三天我都沒有睡覺。有蛙在耳邊吵時，我睡得很安穩。一定出什麼事了，蛙們已經三天沒鳴唱了，我都快被失眠折騰瘋了。」

聽了婦人的這些抱怨，雄蛙轉過頭來對他的妻子眨了眨眼睛說：「我們也幾乎被自己的寂靜逼瘋了，不是嗎？」

他的妻子回答說：「是的，暗夜的寂靜太沈重了。現在我明白了，我們根本就沒有必要為了別人的安寧舒適而停止唱歌，他們非得要用喧囂來填補他們的空虛。」

那天夜裏，月亮就不是白白地為青蛙的旋律而等待了，繁星就不是白白地為青蛙的韻律而等待了。

如同上述的寓言故事一樣，蛙鳴可能非常吵雜，但習以為常的人，仍然睡得甘甜安穩，一旦蛙鳴停止，四周靜寂無聲了，反而失眠難耐。

或許有人會藉此故事，振振有詞地說：「一個民主自由的社會，吵吵鬧鬧是常態，不吵不鬧才是反常。」於是把自由民主定義為吵吵鬧鬧、定義為朝野之間的激烈對立；定義為歧見，雙方輪番上陣，用「不把對方鬥垮鬥臭不善罷休」的咆哮與訴諸暴力的情緒性作為，讓沈默的社會大眾心煩意亂，怨聲載道。

沒有錯，一個民主自由的社會應該是一個百家爭鳴、百花齊放的社會。但在百家爭鳴、百花齊放的社會，更應該彼此尊重，相互包容；用理性的對話，替代霸凌的語言；用真誠的溝通，替代造謠中傷。

民主自由不是仇恨衝突的發聲機，不是刻意抹黑、怒目相向、訴諸暴力的利矛與盾牌。一個社會如果淪落到令人寢食難安，謠言滿天飛舞，謾罵隨處可聞，社會當然動盪不安，人心勢必惶恐不斷，這就不是真正的民主自由。這就是故事中雄蛙對雌蛙所說的：「牛蛙用他那上帝禁止的轟鳴，吵得街坊鄰居不得安寧了。」

蟲鳴鳥叫，虎嘯狼嚎，風吹蕭瑟，浪擊濤聲，那是大自然的交響曲，是一種天籟，一種引人入勝的詩歌。但人類彼此間的叫罵吵雜聲音就不一樣了，如果人們都能做到「話不投機半句多」，那倒也罷了；最怕的是，半句多的不投機話語演變成「針鋒相對」的難聽罵語，本應冷靜的對話，演變成為相互叫陣的熱吵，這豈是民主自由的真諦。

我們的世界需要的是真正的民主自由，是能讓每個人都有充分抒發心中想法的話語權。但也不要忘記，言論自由既受法律保障，也必須受法律制約。逾越了法治與道德的規範，民主自由一不小心轉身就變為洪水猛獸。這種毫無節制，為所欲為的民主，是假民主；這種不受規範的自由，是假自由。一旦假民主、假自由成為常態，人民將會成為犧牲的祭品了，到那時，又豈是一個「苦」字了得。

我們賴以生存的地球，需要的是大自然萬物爭鳴的和諧交響曲，不需要人類吵雜不停的爭鬥聲。

假作真時真亦假

臺灣於二〇一三年選出一個代表字，那就是「假」字。「假」是相對於「真」而言，「真」的反面就是「假」。但何者是真？何者是假？在真相未明之際，大多取決於每個人的自由心證，你說是假，他說是真，最後大家各說各話，各信其信，各非其非，難有定論。

人世間事物，如虛幻泡影，本來就是真真假假，假假真真。就如同《紅樓夢》賈寶玉夢遊太虛幻境，看見的那幅對聯：「假作真時真亦假；無為有處有還無。」意思是說，把假的當作真的，真的就變成了假的；把不存在的當成存在的，存在的也成為不存在了。

紅塵滾滾，社會百態，在充滿成見與偏見的人際關係中，真假對錯本就見仁見智，難分難解了，加上新聞媒體的推波助瀾，政治人物的蠱惑渲染，與所謂名嘴的信口開河，使得整個社會彌漫在一股「爾虞我詐」的算計裏，籠罩在一片「落井下石」的氛圍中。

只要社會出點小差錯或疑似出點差錯，新聞媒體立刻捕風捉影，打著名為揭弊的旗幟，實為本身利益做炒作。政治人物更是見獵心喜，只要能從中汲取壯大自己的養分，當然火力全開。電視名嘴也不甘寂寞，樂於見縫插針，色澤分明地極盡臧否點評之能事，於是真相愈辯愈遠，老百姓愈聽愈迷惑了。

一個「假」字，道盡了我們社會潛藏的不安與危機；一個「假」字，讓彼此之間的互信不斷耗損；一個「假」字，幾乎將臺灣辛苦建構起來的和諧關係因此撕裂；一個「假」字，讓臺灣社會充滿了負面思維，充滿了不信任感，臺灣老百姓再也快樂不起來了。

媒體吠影，眾人吠聲；議論四起，真相難覓。老百姓對每一件爭議事件，都像霧裏看花，日子久了，事件多了，老百姓逐漸喪失了對真假的鑑別能力，大家都被紛紛擾擾的言論迷惑了，真假曲直更加混沌了，只好隨波逐流，人云亦云，迷惘到底了。

說到迷惘，《列子》一書，有這麼一段記載，大意是：

在春秋戰國時期，秦國有一個姓逢的人，他有個兒子，小時候很聰明，長大了卻得了「迷惘」的疾病：聽到歌聲當成哭聲；看到白的，說是黑的；聞到香的，說是臭的；吃到甜的，說是苦的；把做壞事，當成做好事。總之對於「天地四方，水火寒暑」，無不顛倒錯亂。

這位逢姓人家對於兒子得到這種「迷惘」之症，心急如焚，就在群醫束手，神巫無策的時候，有人告訴他，魯國有很多能人異士，為何不到魯國去試試，或許能找到醫治的機會與希望。

孩子的父親說什麼也不放棄任何希望，於是動身前往魯國。就在路經陳國時，遇到了老聃。

老聃就是我們所說的老子。他向老子陳述了兒子的病癥後，老子問他說：你憑什麼說你兒子得了「迷惘」之疾呢？當今天下的人不都是「惑於是非，昏於利害」，不都是被真假所迷惑，被利害所蒙蔽嗎？不都和你兒子患了同樣的毛病嗎？現在普天之下真正清醒的人又有幾個呢？況且一個人得了迷惘之病，不足以弄垮一個家庭；一家人得了迷惘之症，不足以弄垮一個鄉里；一鄉里都得了迷惘之病，不足以弄垮一個國家；即使一個國家都得了迷惘之病，也不足以弄垮整個天下。

再說，如果整個天下的人都得了迷惘之病，那麼大家都把黑的當成白的，把對的當成錯的，把善的當成惡的，也不會有爭論，社會反而和諧了，天下又哪裏會垮掉呢？說白了，如果天下的人都像你兒子一樣，得了迷網之病，只有你一個人是清醒的，那麼你反而會被看成得了黑白倒錯的「迷惘」之症，反而變成大家眼中的瘋子了。

所以老子的結論是：「哀樂、聲色、臭味、是非，孰能正之？」什麼是哀痛，什麼是快樂；什麼是好聲，什麼是美色；什麼是香的，什麼是臭的；什麼是對的，什麼是錯的；誰能說了算呢？人類社會本來就真真假假，原本大家都用自己心中那一把尺「各是其所是，各非其所非；各真其所真，各假其所假。」如果心中的那把尺正確了，自然不容易受人蠱惑，也不會輕易聞聲起舞，道聽塗說。

有人會問：為什麼我們社會以假亂真的言論容易得逞？是我

們的思辨能力退化了呢？還是眾口果能鑠金？是現在的人太依賴媒介的報導，太相信網路的資訊了，我們心中應有的那把尺，幾乎全被媒體所取代了，所以不知不覺中總被媒體牽著鼻子走。

偏偏臺灣媒體常常語不驚人死不休，不僅無能報導真相，而且還刻意鋪排情節，製造迷霧，讓新聞更加撲朔迷離，讓人更加真假難分。於是一人吠影，萬人吠聲，「曾參殺人」戲碼，時時上演，社會陷入一片口水戰爭裏，人人處在語言暴力中，道德就在真假不分，相互攻訐下繼續沈淪。

老子說：「五色令人目盲；五音令人耳聾；五味令人口爽。」確實有他的真知灼見存焉。現代人要保有自己的頭腦清醒，自處之道除了要積極「找回心中那把正確的尺」外，還應拒絕媒體那些五花八門，令人眼花撩亂的「顏色」渲染；拒絕名嘴逞口舌之快的「口水」雜音；拒絕不斷加料加味，以博取收視的節目內容。

只有少看、少聽、少接觸，那些以誇大渲染為能事；以揭人隱私為賣點；以攻訐謾罵為樂事的報導與節目，我們才能耳根清淨，永保耳聰目明，也才能在亂世中做個不受真假所惑的人。

夢幻世界與虛擬人格

時代在變，社會在變，人心也在變，萬事萬物都在變。世界上沒有一樣東西不變，唯一不變的就是變。

「變」這個字，在佛經裏就是所謂的「無常」。無常的意思就是沒有一樣東西永遠常駐，沒有一樣東西永遠不變。時間像流沙，世代像流水，人生像朝露，都沒有片刻停留。

雖然世事無常，雖然宇宙萬物都在變，但身為萬物之靈的人類，可貴之處，就是內心擁有一把衡量變與不變之間何去何從的尺。知道用這把尺衡量自己所處的環境，自己應該走的路與方向，覺悟自己應追求的價值與目標，這就是人之所以異於禽獸的地方。

人與禽獸之間，有彼此的共同性與不共同性。追求生存下去的意志，是人與禽獸之間的共同性；但追求理想與價值、幸福與快樂，則是人與禽獸之間的不共同性。

「物以類聚，人以群分」，同類的動物會聚集在一起，不同理想與價值觀的人，也會彼此分別群體，各自結黨成派。所以人類社會的生活與生存的法則，比起其他動物界來，顯得複雜與微妙得多。

人與人之間的關係因為太複雜，太微妙了，利益衝突也就層出不窮，各種糾紛對立，各種交換妥協，各種合縱連橫，各種鬥爭清算，無處不有，無時不在。因此馬克思才會說：「整個人類的歷史，就是一部人類的鬥爭史。」人，不僅要與天爭，與地爭，更要與人爭；一個「爭」字將人類弄得心神不寧，將天地攪得反常不安。

為了因應與天爭，與地爭，與時間爭，與空間爭，與對手爭的需要，人類科技也日新月異。科技的發展或許確實為人類「爭」得了一時的安逸與方便，增長了不少的視野與知識。相反地，也為人類帶來更多的衝突與危機，更多的不平與對立，更多的不安與難題。

網際網路的發展，就是非常明顯的例子。現代的人似乎逐漸離不開手機與網路，不管男女，不分老少，幾乎到了人手一機，甚至一人多機的程度。生活離不開手機與網路，工作離不開手機與網路，休閒也離不開手機與網路。人的眼睛與手指很忙碌，人的盤算與心思也很忙碌。為了滿足千差萬別的動機與目的，人類在天空不知道製造了多少的電波與訊號；這些電波與訊息，彼此碰撞，相互依賴，影響著地球的電磁場域與人類的生活方式。

網路的被普遍運用，儼然已建構了一個虛擬的世界。這個虛擬世界，似乎也逐漸取代了現實與真實的世界。現在已經有很多的人寧願相信網路裏虛妄不實的夢幻世界，而不願意相信現實存在的真實世界了。

於是，許多人養成了虛擬的人格，活在虛擬的世界裏，再也不相信人與人之間的那分真情與實意，那分溫暖與誠信了；人已逐漸偏離了正常的生活軌則，被虛擬的網路世界牽引操弄著。於是，網路不再是人類用來增進福祉的工具了，人已成為網路所驅動與使喚的奴隸了。

網路世界中有太多的虛假與偽裝，太多的謠言與中傷，太多的虛情與假意，太多的武裝與網軍。網路的訊息真中有假，假中有真，真真假假，模糊了真相，渙散了焦點，顛倒了是非，顛覆了價值；迷惑了人的耳目，紊亂了人的心思；尤其網路資訊如排山倒海，傳播速度之快，轉貼不分青紅皂白，「喜聞人之惡，不喜聞己之惡」的心態興風作浪。愈是謠言，愈是惡口，愈是變態，愈是聳人聽聞的信息點閱率愈高，於是「曾參殺人」的情節層出不窮；毀人清白，陷人不義，壞人名節的言詞更時有所聞。

甚至有些人打著正義的旗幟反正義，打著公平的旗幟反公平，打著民主的旗幟反民主，打著自由的旗幟反自由；說穿了，就是為了自己的利益做算計。遺憾的是，有太多的人或隨聲附和，或用湊熱鬧的心態加速傳遞，形成了「誰掌握了網路，誰就控制了世界」的現象。難怪諸多強國都處心積慮想要建構強大的網軍，釋放大量真偽難分，不利對手，有利己方的資訊。就像二次世界大戰時，希特勒的名言：「謊話說上一百次，就變成真實。」希特勒的這種說法，說明了「人性容易被欺蒙，人心容易被蠱惑」，除非我們心中有一把真正屬於自己的尺，而且對自己的這把量尺能堅信不移，不受外境所動。

科技發展是人類歷史不可逆的趨勢。既然是趨勢，當然就難以遏止；不僅是難以遏止，還有愈來愈快的趨勢。現在已經有不少科學家提出警告說：「人類科技的發展雖然一日千里，但是趕得上因科技發展所帶來地球崩毀的速度嗎？」

科技不是不能發展，而是在發展科技的同時，人類也要養成妥善與管理使用科技的成熟心智，否則「水可載舟，亦可覆舟」；到頭來，人類的未來，恐怕是「成也科技，敗也科技」。就像世界列強發展毀滅性的尖端武器一樣，可以讓他成為世界超級強國，成為世界的警察與法官，對其他不聽話的弱國可判生，可判死；如果這些強國的統治者心智不成熟，一旦擦槍走火，就可能陷全球人類於浩劫。

毀滅性的尖端武器如此，其他尖端科技又何嘗不是如此；尤其愈來愈趨於虛擬的網際網路更是如此。尖端武器可以殺人生命，不實的網路訊息可以毀人慧命；使用者豈能不慎，發展者豈能不辨，社會大眾豈能不思。

「百年驛站」真能重現？

百年驛站展風華，偷梁換柱換新瓦；
七星公園驛名掛，百年老樹聽喧譁。

二〇一七年四月的新北投可熱鬧了，因為號稱「百年驛站」的新北投舊火車站以嶄新的面貌回娘家了。宣傳搞得轟轟烈烈，人潮也算絡繹，只是「驛站」已新顏換舊貌，缺乏了那分歲月斑痕與古意了。

身為北投人，居住北投近半世紀，乘過並進出北投火車站無計其數。昔日景物歷歷，而依樣畫葫蘆新構完成的所謂新北投「百年驛站」，與記憶中的北投火車站差異不小，難以產生熟悉之感，喚起認同之心與懷舊之意。

任何事物都必須經歷無數風霜歲月的累積，才能成就一段難以忘懷的歷史，新北投火車站自然也不例外。打從被拆除的那天起，它就已壽終正寢了，那段輝煌的歷史風華已一去不回了。刻意仿造的驛站亭亭玉立，看不出歲月留痕，說它是「百年驛站」，有點牽強。

「成、住、壞、空」，「生、住、異、滅」，是歷史的過程，也是自然的法則。時間如流水，空間如幻影，壞空的事物已「船過水無痕」了，仿建豈能返魂？「百年驛站」活動儘管辦得熱熱鬧鬧，老北投人的心裏仍然冷冷清清。

新站歡歡喜喜地回娘家了，不遠處的老樹開始愁眉苦臉了。它擔心盤據地面的根鬚被踐踏，擔心錯節的老幹被刻痕，擔心新展的枝芽被折斷，擔心清靜寧謐的日子被打擾。樹木有情，人也應有義，人群經過老樹時，可以景仰它老而彌堅的雄姿，欣賞它挺過風雨的禪韻，千萬不要踐踏它，喧譁它，否則老樹如若有知，一定會埋怨「本來無一物，何處惹塵埃」。

凱達格蘭四百年，對街溫泉博物館；
北投館建隔溪望，綠色建築堪稱王。

從「百年驛站」走過對街，就是新北投公園。公園面積不大，沒有傲人的豔麗景觀，卻有傲人的史跡。北投溫泉博物館、梅園、北投圖書館、凱達格蘭文化館等錯落其間，每個場館都能訴說一頁頁的史詩，一篇篇的故事。

北投溫泉博物館與北投圖書館隔溪相望，建築風格因時空而異，但卻也因為各具風格而相互映輝。溫泉博物館歷史悠久，融入了歐風與日式建築元素，紅磚白牆，木欄灰瓦，色澤鮮明中含古典，型態古典中顯風韻，賞心悅目，讓人駐足。

與溫泉博物館隔溪相望的新北投圖書館，依溪而立，因地制宜，蘊涵著諸多綠色建築的新思想與新觀念。通風採光，室外迴廊，整體建物從地拔起，高低有致，翠巒藍天，渾然天成，既穩重又沈潛，既雅緻又豪放，匠心獨運，堪稱綠色建築典範。人在館內，坐享風聲、鳥聲與潺潺流水聲，輕聞木香、書香，與淡淡硫磺香，確是靜心閱讀，汲取知識的好去處。

凱達格蘭文化館與新北投公園比鄰而居，館內文物不豐富，卻企圖告訴我們失落已久的歷史真相，它用出土的古老器物告訴人們：北投過去曾是平埔族的安身立命處，是「凱達格蘭」部落的居住繁衍地。只因數百年前漢人來臺日增，與平埔族往來日密，文化交流日頻，北投從平埔族的群聚，漸成與漢族雜居了。

明鄭時期漢人大量湧入，大幅稀釋了平埔族的人口密度，平埔族漸漸被漢人同化，領地漸漸被漢人據居，導致平埔族銷聲匿跡。不過，俗話說「凡走過必留下痕跡」，歷史還是會返原真相，還是會一點一滴，千真萬確地證明北投曾經是平埔族凱達格蘭部落的領地。

所以「凱達格蘭文化館」展出的不僅是史實，也展出了一個發人深省的啟示：那就是時空不斷更替，民族不斷融合，臺灣已不是屬於哪一個民族的臺灣，臺灣的成就也不是哪個民族或哪一省人的成就。臺灣所以被稱為「福爾摩沙」，被稱為「亞洲四小龍」，是所有居住過這塊土地上的每個人流血流汗，共同創造而得的成就。

臺灣獨處海上，面對浩瀚海洋，具開闊如海的胸襟，既能歡迎外人從海洋走進來，也能鼓勵島民從海洋走出去。南島語族之所以能遍布南太平洋，就是源於臺灣的這種包容寬闊的胸襟與勇敢冒險的精神。

臺灣雖是蕞爾小島，卻是各民族來來往往的中途站與人文薈萃的集散地。套用現在流行的話題，臺灣的歷史是「全球化」歷史的一部分，是人類全球化的縮影，這就是國際人士之所以喜歡臺灣，愛護臺灣，讚歎臺灣的重要原因。倒是居住在臺灣的我們，反躬自省，是否逐漸自我宅化了，是否過度分別本省人與外省人了，是否一再強調原住民與非原住民了？

歷史不可逆，只能往前走。臺灣是我們安身立命之處，也是禍福與共之地，如何永續發展，締造恢弘未來，是所有臺灣人應有的共同目標。

現今的臺灣宛如一艘航行在驚濤駭浪大洋中的小船，處境本就非常艱險，如果不能和諧相處，存異求同，一旦大浪來襲，恐怕就會有覆船之虞了。「皮之不存，毛將焉覆」的道理人人都懂，影響臺灣安危最大的政治人物豈能不深思？操有取決安危之權的臺灣人民，面對選票豈能不戒慎？

磺溪聖地稱北投，煙嵐溫泉山谷幽；
水暖洗脂溯日治，石造古橋至今留。

提起新北投，最讓人印象深刻的就是淡淡的硫磺味道，如果說溫泉造就了北投的風華，那麼北投也讓溫泉名聞於世。日治時期「泡湯」文化鼎盛，官方積極規畫公園與湯館，北投驛站也應運而生。今日以溫泉為名的飯店仍然處處可見，磺溪水暖仍然陣陣飄香，泡湯風氣仍然有增不減。

「地熱谷」過去稱為「地獄谷」，是昔日遊客經常煮蛋的地方，當時高溫泉水處處，遊客步步危機。現在經過整治，人行於矮牆外和地熱區保持一定距離，確保了遊客的安全，但已失去大自然鬼斧神工的氣勢了。

北投得天獨厚之處，除了溫泉外，山明水秀，遠山幽谷，含笑春暉，落日晚霞，人人稱道。所以在一九六〇年代之初臺語電影大行其道時，北投是製片人的外景首選，當時北投幾乎成為「臺灣的好萊塢」。

臺灣著名導演李行就曾經這樣說過：「當時臺語片正流行，許多片子，甚至從頭到尾都是在北投拍的，北投儼然成為臺灣的好萊塢。」

確實，北投以它獨特風花水月，溫泉煙嬝與秀麗旖旎的自然景觀，獲得影業公司的青睞，拍攝影片不需刻意搭景，不必特別妝點，處處可以入景，景景可以入鏡。鼎盛時期，在北景區就有好幾組劇組工作人員，各司其職同時忙碌著，「人聲蕩蕩，星光閃閃」，盛況可謂空前。

在那個年代最賣座也最膾炙人口的《溫泉鄉的吉他》、《王哥柳哥遊臺灣》等讓人懷念的臺語片，就是在北投拍製完成的。

新北投公園內還有一座石造古橋與圓形噴泉，日治時期建造，至今仍然屹立，不因改朝而灰飛，也不因換代而煙滅。這就是海島文化包容與豁達的可貴之處，也是臺灣之所以讓世人肅然起敬的原因。

北投啊！春天來時，
櫻燦桃紅杜鵑繁。
北投啊！夏天來時，
薰風蟬鳴吹面涼。

北投啊！秋天來時，
楓香紅花遍滿山。
北投啊！冬天來時，
青白磺水暖心房。

這是日本文人平田平吾〈北投四季吟〉的詩句，詩人透過淺白的語詞，吟誦當年遊歷北投的四季情懷，詩的情境與意境，自然而貼切。

又如日下峰蓮寫的〈北投雜詠〉：

長愛磺溪風色真，嗟吾無計養斯身。
水心莫問游鱗樂，泉性能回氣海春。
天籟夜虛猿鳥靜，月潭光照黛鬟新。

方知本有烟霞癖，到此渾忘饑與貧。

又是另一種不同心境。磺溪風色，水心游鱗，夜虛鳥靜，潭光映照，絲黛鬢新，烟霞癖好，渾忘饑貧，北投風光的秀色可餐，令人渾然忘「饑」，詩人的美妙詩句或許可以讓我們參透些許美景的端倪與忘我的禪機。

相較於日本文人的詩詞，清代末年洪以南的〈北投雜詠〉，也有滌塵蕩俗的韻味：

此地有溫泉，浴之氣爽然；
蕩胸忘俗慮，酣夢傲神仙。
身淨如無物，心澄別有天；
松濤應一醉，風詠邁前賢。

「泡湯」文化盛於日治時期，但絕非始自日治時代。洪以南早就有「此地有溫泉，浴之氣爽然，蕩胸忘俗慮，酣夢傲神仙」的詠歎了。又如郁永河的〈北投硫穴〉、梁啟超的〈北投溫泉〉等詩作，都刻記在北投圖書館門前的大理石地面上，有興趣的人，造訪新北投公園時，不妨順道一覽，說不定會有一番與眾不同的感悟。

國家圖書館出版品預行編目(CIP)資料

古月照今塵／王端正作 — 初版
臺北市：經典雜誌，慈濟傳播人文志業基金會，2021.01
350 面；15×21 公分
ISBN 978-986-99938-2-1（精裝）
863.55　　109022306

人文系列 038

古月照今塵

發 行 人／釋證嚴
慈濟人文志業執行長／王端正
平面媒體總監／王志宏

作　　者／王端正
主　　編／陳玫君
執行編輯／涂慶鐘
美術指導／邱宇陞
美術設計／曹雲淇
出 版 者／經典雜誌
慈濟傳播人文志業基金會
112019臺北市北投區立德路2號
編輯部電話／02-28989000分機2065
客服專線／02-28989991
客服傳真／02-28989993
劃撥帳號／19924552
戶　　名／經典雜誌
印　　製／新豪華製版印刷股份有限公司
經 銷 商／聯合發行股份有限公司
231028新北市新店區寶橋路235巷6弄6號2樓
02-29178022
出版日期／2021年1月初版一刷
定　　價／新臺幣360元